보도방 2

KB150183

보도방 2

초판 인쇄 2021년 9월 11일
초판 발행 2021년 9월 15일

지은이 이진수
펴낸이 김태헌
펴낸곳 스타파이브

주소 경기도 고양시 일산서구 대산로 53
출판등록 2021년 3월 11일 제2021-000062호
전화 031-911-3416
팩스 031-911-3417
전자우편 meko7@paran.com

반도방 2

| 이진수 지음 |

오랫동안 취재에 매달렸다. 매춘의 온상인〈보도방〉의 실태
와 그곳에 몸담고 있는 사람들의 실상을 보다 생동감 있게 전
달하기 위해서였다. 취재를 하면서, 누군가는 다뤄야 할 문
제임에도 불구하고 다들 딴 짓─모른 척하고 있는 걸까?─만
하고 있다는 생각이 들자 사명감 같은 것이 생겨났다. 문제
는 모텔이나 단란주점에 여자들을 공급해주는 보도방이나 몸
을 파는 여성들이나 폭력조직이 아니다. 보다 근본적인 문제
는 인간의 본능과 성이 상품화되는 사회, 그리고 그것들을 마
냥 부인하며 점잔만 빼는 우리의 문화적 풍토인 것이다. 누군
가는 용기를 내야 한다. 그곳에 그들이 있고, 그곳에서 그런
일들이 벌어지고 있다는 사실을 인정해야 한다. 이 책은 현장
고발이나 실상을 알리는 것 외에, 우리 모두 가슴을 열고 이
제부터라도 우리 곁에 바짝 다가와 있는 현실에 대해 솔직해
지자는 뜻에서 쓰여졌다. 왜냐하면, 그곳도 사람이 사는 세상
이기 때문이다.

CONTENTS
차 례

이상한 관계

"혼자세요?"

수지가 방문 앞에서 머뭇거리며 물었다.

"응. 들어와."

"…?"

희선과 수지는 일단 방안으로 들어갔다.

"하하. 왜 그렇게 놀란 얼굴들인가? 들어와."

"….."

희선과 수지는 서로 얼굴을 쳐다보았다. 그리고 나서 주춤거리며 방으로 들어갔다.

"뭐 어때? 한 사람 부르는 거나, 두 사람을 부르는 거나 다 똑같잖아."

남자는 40대 중반이었다. 머리가 약간 벗겨진 몸집이 좋은 남자였다. 샐러리맨 같지는 않아 보였다.

소파로 가서 앉은 희선과 수지는 켜놓은 TV에 시선을 주고 있었다. 아마도 모텔에서 틀어준 듯한 야한 비디오 영화가 나오고 있었다.

"좀 이상하지? 남자 혼자서 둘을 불렀다는 게?"

"네…."

"이상할 것도 없어. 한 사람을 부르느니 두 사람을 같이 불렀다고 생각해. 그거 하는 거 보면 쑥스러운 게 있나 보지? 한 사람은 구경만 해."

"…."

남자는 웃고 있었다.

"하기 싫으면 한 사람만 남고 나가도 좋아. 싫다면 굳이 두 사람하고 하고 싶지는 않으니까."

"…."

희선과 수지는 서로 얼굴을 쳐다보며 무언의 의사를 주고받았다. 저 남자의 말에 어떻게 할 것이냐는 표정을 주고 받았다.

'그냥 하지 머.'

'그래. 그것도 괜찮겠어. 그지?'

그녀들의 생각은 그랬다. 이왕에 모텔로 들어온 거 둘 다 같이 돈을 벌고서 나가는 게 낫겠다는 생각이었다.

"어때? 괜찮지?"

남자는 두 여자의 표정을 읽고서 그렇게 나왔다.

"네."

"봐. 괜찮잖아. 뭐 어때. 이런 경험도 해 보는 게 좋잖아. 안 그래?"

"좀 부끄러워서….

"이런 데 처음인가? 안 그래?"

"그래도요….

"핫하. 이런 데에 처음인 거 같군."

"…."

"내가 손님이라고 생각지 말고. 그냥 친구처럼 생각해. 옷 벗어봐. 나를 보고서 옷을 벗어보는 게 좋겠는데…"

남자의 요구는 그것이었다. 침대에 비스듬히 누워 있는 그를 보면서 옷을 벗으라는 것이었다.

희선과 수지는 남자를 향해 어정쩡하게 서서 옷을 벗기 시작했다.

"…."

남자는 두 여자의 옷 벗는 모습을 지켜보고 있었다.

희선과 수지는 마치 약속이나 하듯이 한 꺼풀 옷을 벗어 내리면 같이 옷을 벗어 내렸다.

팬티와 브래지어만 남게 되었을 때.

"됐어요. 그냥 서 있어 봐. 난 다 벗는 것보다 지금이 더 좋아."

"…."

남자의 눈빛은 두 여자의 벗은 알몸을 찬찬히 살펴보고 있었다.

앙증맞은 몸매에다 살짝 가려놓은 듯한 젖가슴과 아래 쪽의 망사 팬티는 남자를 뇌쇄(惱殺)시키기에 딱 좋았다.

"이런 거 기분 나쁘게 생각지 마. 남자는 여자의 몸을 보고 싶은 거거든."

"…."

"이런다고 내가 변태라고 생각지는 않겠지?"

"네…."

"남자는 누구나 다 그래. 보고 싶은 욕망이 있는 법이니까. 그런 걸 숨기는 놈이 더 변태일 수가 있어."

"…."

"한 사람만 좀 가까이 올래?"

"…?"

두 여자는 서로 얼굴을 쳐다보았다. 서로 네가 먼저 가까이 가보라는 뜻이었다. 결국 수지가 먼저 남자의 침대 옆으로 다가갔다.

"흠. 잘 빠졌군…."

남자는 수지의 가는 허리를 만져보았다. 그리곤 팬티 앞부분의 볼록한 부분을 어루만졌다.

검은 거웃이 비칠 듯 말 듯하게 들여다보이는 그곳을 어루만지다가 팬티 손으로 손을 집어넣었다가 빼냈다.

"됐어요. 너도 이리로 와볼래?"

수지가 뒤로 물러나고 이번엔 희선이 침대 옆으로 다가갔다. 남자는 아까와 같이 희선의 가는 허리를 만져보고는 다시 팬티 위를 어루만지고는 팬티 속으로 손을 집어 넣었다가 빼냈다.

"난 씻었어. 씻고 올래?"

"네."

두 여자는 욕실로 들어갔다.

"혹시 변태 아냐?"

희선이 킥킥 웃으며 소곤거렸다.

"모르지. 남자들은 다 그러니까."

수지도 우스운 듯 웃음을 참지 못하고 있었다. 두 사람은 샤워기를 들고서 대충 아래쪽만 씻어내고선 타월로 닦아내기 시작했다.

"어떻게 하려고 그러지?"

수지가 또 웃었다.

"둘 다 같이 하자고 그럴 걸?"

"우리 둘 다? 정력도 세네."

두 여자는 욕실 안에서 소리 죽여 킬킬거렸다.

두 여자가 욕실에서 나왔을 때는 남자는 침대 위에 반듯이 누운 채로 기다리고 있었다.

"이리 올라와."

남자가 손끝으로 수지를 가리켰다.

실오라기 하나 걸치지 않은 수지는 손바닥으로 앞쪽을 가린 채로 침대 위로 올라갔다.

남자 옆으로 가서야 손을 떼어냈다.

"이제 한 번 해 봐. 난 가만있을 테니까."

"네…."

수지는 남자 앞에 꿇어앉은 채로 애무에 돌입하기 시작했다. 그녀들은 어쨌든 둘이었으므로 간단하게 처리할 수 있을 것만 같았다.

수지는 희선과 의미심장한 눈빛을 주고받은 다음 남자를 애무하기 시작했다.

남자의 가슴을 혀끝으로 살금살금 애무하다가 목덜미 쪽으로 올라갔다가 귓밥을 혀끝으로 핥아주었다. 그런 다음 남자의 허벅지와 회음부 쪽을 애무하기 시작했다.

남자의 가장 민감한 부분이 귓볼과 회음부, 그리고 성기쪽이었다.

아래 위쪽을 번갈아 가면서 애무하자, 남자는 흐뭇한 듯 했다. 남자의 손은 여자의 엉덩이 쪽에 가 있었다.

구부린 엉덩이를 어루만지면서 허리께로 올라갔다가 내려오곤 했다.

남자의 성기는 벌써 하늘로 치솟아 있었다.

수지가 입을 넣어 혀끝으로 만지작거렸다.

"으음 됐어. 좋아."

남자의 신음소리를 듣고서 수지가 위로 올라갔다. 결합시킨 채로 살살 움직이기 시작했을 때, 수지는 계속해서 남자의 귀와 목덜미, 어깨 순으로 내려가면서 혓바닥으로 애무를 했다.

"아, 좋아…."

남자는 황홀한 듯했다.

금세 달아올라서 수지의 움직이는 엉덩이를 붙잡고서 앞뒤로 끌어당겼다가 밀어냈다 반복하고 있었다.

"기분이 좋아요?"

옆에서 보고 있던 희선이 물었다.

"응. 그래"

이미 남자는 사정 직전에 있었다. 그래서 일부러 남자를 자극하기 위해서 말을 시킨 것이었다.

이에 호응해서 수지는 가쁜 듯이 숨을 내쉬면서 남자를 사정없이 공략했다. 남자는 곧 사정을 하는지 격렬한 몸부림을 치기 시작했다.

"오우…."

남자의 엉덩이가 위로 치솟으면서 마지막 정액을 토해내는 듯했다.

그리곤 그대로 풀썩 쓰러졌다.

"아…."

희선이 적시에 박자를 맞추어 주었다.

"난 말야…."

남자가 입을 열었다.

"지금 기분이 좋아. 니들도 좋아?"

"네…."

"이런 거 첨이지?"

"네."

"하하. 그래 난 이렇게 하는 게 좋아. 내가 섹스 하는 모습을 누군가가 보여주는 것이 좋아. 오늘 니들이 아주 멋지게 해줬어. 너무 빨랐나?"

"아뇨. 괜찮았어요."

희선은 남자들 대부분이 오래 하고 싶어하는 것에 대한 콤플렉스가 있다는 것을 알고 있었다. 그래서 괜찮다고 말을 해준 것일 뿐이었다.

여자들이야 빨리 끝내 버리는 것이 덜 피곤할 뿐만 아니라, 임무가 끝난 셈이어서 좋을 뿐이었다.

"하하. 빨리 끝내 줘서 좋다는 말이지?"

"…."

"그래도 좋아. 난 기분만 좋으면 되니까."

그제야 수지는 몸을 떼어냈다.

두 여자는 욕실로 들어갔다.

밖으로 나온 뒤에 옷을 입고는 누워 있는 남자에게 돌아 가겠다고 인사를 했다.

"응. 오늘 좋았어. 잘 가."

남자는 그뿐이었다.

밖으로 나온 희선과 수지는 카운터에서 돈을 받고선 찻길로 걸어나왔다.

찻길엔 종혁의 차가 보이지 않았다.

"오빠한테 빨리 오라고 전화해."

"응."

핸드폰으로 종혁에게 빨리 오라고 하고선 기다리는 동안 그녀들은 근처 건물 입구로 들어가서 담배에 불을 붙였다.

"오늘 그 남자 되게 이상하지?"

희선이 쿡쿡, 웃었다.

"남자들이야 다 그렇지 머."

수지도 웃고 있었다.

"단 5분에 십만 원 날린 셈이야"

"그래 그런 남자한테는 십만 원이 머 돈인가? 우리 둘을 한꺼번에 그랬는데. 안 그래?"

두 여자는 깔깔 웃고 있었다. 한편, 다른 모텔로 들어간 명선은 남자에게 시달리고 있었다.

남자는 사정할 기미를 보이지 않고 있었다. 아까부터 지금까지 여러 체위를 구사하면서 남자는 명선을 농락하고 있었다.

"아, 힘들어. 잠깐만요."

명선은 오랫동안 다리를 벌리고 있는 상태에서 지루한 그의 공격을 받고 있었던 탓에 다리가 저려오고 있었다.

"왜? 힘들어?"

남자가 씨근덕거리며 물었다.

"네. 조금만요."

명선은 벌렸던 다리를 펴면서 모았다.

"그럼 이렇게 할까?"

남자는 얼른 하고 싶은 마음뿐이었다. 다리를 모은 명선의 다리 바깥으로 남자의 다리가 감싸면서 엉덩이를 움직이기 시작했다.

명선으로선 편한 자세였다.

"빨리 사정 안 해요?"

명선이 묻자,

"하하. 아직 멀었어."

남자는 기분 좋게 말하고는 다시 움직이기 시작했다.

"칙칙이 썼어요?" 명선이 다시 물었다.

"난 그런 거 안 써. 왜 ?"

"너무 길어서요."

"하하. 그래? 내가 왜 이렇게 긴 지 아나?"

"왜요?" 명선은 자꾸 말을 함으로써 남자가 갑자기 쾌감에 젖을 수 있다는 것을 알고 있었다.

남자가 방심하는 틈에 사정을 해 버릴 수도 있다고 생각했다.

"하하. 비아그라 아나?"

"네……."

"나 그거 먹었거든. 어때?"

"네에….."

명선은 대답을 하면서도 기분이 언짢았다. 남자야 그런 약의 힘에 의존해서 강해질 수 있을지 모르겠지만 여자로선 감당하기 힘들 정도였다.

그렇다고 손님에게 그냥 내려오라고 할 수도 없는 일이었다. 어떻게든 남자들은 사정을 해야만 모든 일이 끝나는 줄로만 알고 있었다.

"이제 편하지 않나?"

"편해요."

"이렇게 하니깐 다리가 딱 오무려져서 기분이 좋은데?"

남자 역시 명선과의 섹스에서 어떠한 쾌감을 즐기는 듯 했다. 애초에 명선이 바랐던 것과는 다르게 남자 쪽에서 즐기려고 하는 듯이 나왔다.

어쩌면 남자도 여자와 대화를 하면서 느긋한 마음을 가질 수 있을 것이다.

대화를 함으로써 남자가 일찍 사정할지도 모른다는 명선의 생각은 빗나간 것이 되고 말았다.

명선은 오래 하는 것이 싫었다.

남자는 본전을 뽑겠다는 듯이 작심하고 나왔다.

여러 가지 체위를 다 구사해 가면서 명선이 고통스러운 것까지도 쾌감으로 받아들이는 듯했다.

남자의 요구로 인해 별의별 체위를 다 구사해본 명선으로선 어서 빨리 끝났으면 싶었다.

"언제 끝나요?"

"아직 멀었어."

남자는 더욱 신이 난 듯했다. 여자가 그런 소리를 할 때는 남자에게는 더 큰 자극제로 다가가는 듯했다.

"너무 잘해요."

"내가?"

"네."

"저도 이젠 기분이 좋아지는 걸요."

명선은 마음 속에 없는 말을 흘렸다. 그렇게라도 해서 남자의 기분을 돋궈주고는 사정케 하려는 생각이었다.

"그래 나도 기분이 좋아. 이제 사정했으면 좋겠어."

"네. 그냥 해요. 너무 좋아요."

명선이 이때다 싶어 남자의 귀와 목덜미를 핥기 시작했다. 남자의 성감 중에서 예민한 곳이라고 할 수 있었다.

그러면서 명선은 남자의 엉덩이를 쓰다듬었다.

그러자, 남자는 곧 격렬한 몸놀림을 하면서 사정하기 시작했다.

'히유….'

명선은 속으로 안도의 한숨을 내쉬었다.

전에도 이런 남자를 만난 적이 있었지만 이렇게까지 힘들지는 않았었다.

대개 남자들은 여자가 어떻게 하느냐에 따라 사정하기 마련인데, 오늘 이 남자는 찰거머리 같은 남자였다.

"아, 좋았어. 너무 좋았어."

남자는 기분 좋게 말했다.

"네 저도요. 이제 씻고 올게요."

명선은 곧바로 일어나서 욕실로 들어갔다.

샤워를 하고 나왔을 때, 남자는 아직도 죽지 않고 서 있었다.

"어때? 팁 좀 더 줄께. 시간 좀 뺏으면 안 되나?"

남자는 다시 섹스를 요구해왔다.

"저, 오늘은 다른 손님이 있어서요. 미안해요. 다음에 또 해요."

명선은 그런 식으로 말해서 빠져나가는 수밖에 없었다. 비아그라를 먹은 남자하고는 더 이상 해 봤자 몸만 피곤할 뿐이었다.

"그래? 돈 더 줘도 안 되나?"

"네. 밖에서 기다리거든요."

"누가 기다려?"

"오빠가요."

"그럼 다른 데로 또 가나?"

"네."

"그럼 하루에 몇 번이나 뛰지?"

남자는 그게 궁금한 듯했다.

"그건 몰라요. 손님이 많을 때는⋯."

"몇 명이나 뛰지?"

"그건 정확히 모르겠어요. 정신 없이 뛰어야 되니까요."

"하하. 그럼 내가 오늘 첫 번쩐가?"

"네⋯."

"그럼 너 힘들겠다?"

남자는 자꾸 말을 시켜서 명선이 얼른 일어나지 못하도록 하는 것 같았다.

"저, 다음에 또 봐요. 이젠 가도 되죠?"

"응. 그래 오늘 너무 좋았어. 자, 이건 팁이야 다음에 또 하게 되면 그때도 이렇게 죽여줄 거야. 하하."

남자는 기분이 좋은지 만 원 짜리 지폐 세 장을 꺼내서 주었다.

"네, 고맙습니다."

명선은 인사를 하고는 얼른 그 방을 빠져나왔다.

카운터에 들렀다가 주인에게 일을 끝마쳤다는 말을 하기가 바쁘게 길가로 나왔다.

종혁의 차가 있는 데로 가자, 차 안엔 이미 다른 애들이 앉아 있었다.

"왜? 너무 늦었어?"

종혁이 차에 올라타는 명선의 표정부터 살폈다.

"응. 오빠 가."

종혁은 차를 출발시켰다. 이미 다른 모텔에서 연락이 온 게 있었으므로 빨리 움직이지 않으면 안 되었다.

"왜 늦었냐? 니 땜에 다 기다렸다."

"그래. 차안에서 기다리고 있었어. 왜 그래? 남자가 어땠어?"

모두들 한 마디씩 했다.

"응. 그 남자 이상한 남자야."

"왜?"

종혁이 웃으면서 뒤를 돌아보았다. 명선과 눈빛이 마주 치자, 종혁은 씨익 웃어 보였다.

"응. 그 남자 비아그라 먹은 거 있지?"

"응. 그래?"

다들 놀라는 눈치였다.

"그래. 아유, 말도 마. 얼마나 애를 먹이던지 정말 미치겠더라."

명선은 다들 모인 차안에서 조금 전의 이야기를 털어놓기 시작했다.

"첨에 들어갔을 때에 남자가 누워 있드라."

"응."

옆에서 말대답을 해줘야 말하는 사람의 흥이 나는 법이 었다.

"처음엔 몰랐어. 대개 한 5분이면 끝나는데 그 남자는 잠시도 안 죽는 거야."

"호호. 그래?"

"응 그러면서 온갖 체위를 다 하자는 거야. 힘들어 죽겠는데 말이야."

"어떻게 했는데?"

수지가 웃으면서 거들었다.

"하여튼 별의 별 체위를 다 해봤어. 엎드려서 하는 거, 앉아서 하는 거, 하자는 대로 했지 머. 그래도 안 죽는 거야 내가 힘들어 죽겠는데 말이야"

"그런 인간들 만나면 그래. 비아그라를 먹었대?"

"응. 나중에 내가 물어 봤지. 왜 이렇게 기냐고. 그랬더니 그러더라. 비아그라 먹었다면서. 그때부턴 내가 죽었구나 생각했지 머."

명선도 저절로 웃음이 튀어나왔다.

"비아그라 먹으면 어때?"

종혁이 그게 궁금해서 물었다.

"오빠는 안 먹어 봤어?"

"나야, 그런 거 안 먹지. 그거 먹었다가 잘못하면 황천 가게? 누구 죽일 일 있냐?"

"오빠는 안 먹어 봤구나."

희선이 종혁의 뒤통수를 쳐다보며 웃었다.

"그래 이 오빠는 그런 거 안 먹는다. 그거 먹을 정도면 알아보는 거지. 하하."

"그래서? 그 남자가 오래 해?"

이번엔 희선이 캐묻고 나왔다.

"응. 내가 질릴 정도야. 계속 안 죽는 거야. 그래서 내가 하면서 자꾸 말을 걸었지. 남자는 혹시 여자가 자꾸 말을 걸면 빨리 끝낼지도 모르잖아. 그래서 말을 걸었더니 이 남자는 한 술 더 뜨는 거야."

"?"

"나하고 이야기를 하면서 점점 더 길어지는 거 같아서. 그래서 다음엔 사정 안 해요 하고 물었어. 그리고 난 기분이 너무 좋다며 자꾸 분위기를 돋궜지 머."

"그랬더니? 어때?"

"그랬더니 그제야 남자가 끝내더라. 남자도 아마 기분이 좋아서 그랬겠지 머."

"호오, 그런 방법을 썼어? 명선이도 이제 남자 요리할 줄 아는구나."

종혁이 놀리 듯이 말하자,

"오빠 다시는 그런 인간 만나면 내가 죽겠어."

"그래. 집에 가서 쉬어. 그런 인간은 계속 약 먹고 할 거니까."

"난 그런 인간 정말 싫어. 마음도 안 가. 그거 하는 데 약 먹고 설치는 놈 보면 기분이 이상해."

"하하하. 그것도 다 본전을 뽑겠다고 그러는 거 아니겠냐 그런 놈을 만나면 아까처럼 그렇게 살살 꼬드겨서 일찍 끝내도록 하는 수밖에 없지."

종혁은 다들 들으라는 듯이 그렇게 말을 하는 수밖에 없었다.

"남자들은 하여튼 못 말리는 인간들이야."

희선이 말을 끄집어냈다.

다들 희선에게로 눈길을 주었다.

"전에 보니깐 어떤 놈은 이상한 물건을 갖고서 대드는 데 말이야"

"하하. 어떤 거? 남자들이 차는 거?"

옆에서 수지가 말을 받았다.

"그래. 내가 저번에 말했잖니? 그 놈이 그걸 차고서 하자는 데 그게 얼마나 컸던지 내 속에 들어가면 찢어질지도 모른다는 생각이 들었어."

"이따 만한 거?"

수지가 주먹을 쥐어서 흔들어댔다.

"하하. 그래 그렇게 큰 거는 처음 봤어. 겉에는 울퉁불퉁한 걸로 돼 있는대 마치 도깨비 방망이처럼 생겨먹었어. 그걸로 나하고 하자는 거야"

"그래서?"

명선이 묻자,

"으응. 난 그런 걸로는 싫다고 그랬지. 그걸로 했다간 내가 다 망가지게? 내가 뭐 바보야?"

희선이 키들키들 웃었다.

"그럼 안 했어?"

"내가 못 하겠다고 그랬지. 그랬더니 난리를 치는 거야."

"왜?"

"나하고 못 하겠다고 하면서 딴 여자를 불러달라는 거야."

"그런 인간도 있어?"

"응. 이런 데를 뛰다 보면 별의별 인간들이 다 있잖아. 그 놈도 그런 인간이야. 그렇게 나오니까 내가 얼마나 힘들었는 지 모르지? 그냥 안 하고 나가 버리면 그만인데. 그게 그렇게 되나?"

"그럼? 했다는 거야?"

"할수 없이 했지 머. 돈 때문에 이런 일을 하는데 안할 수가 있겠냐?"

"어땠어?"

명선이 다시 물었다.

"아프지 머. 기분이라곤 전혀 안 나. 남자 혼자서 씩씩 거리는 거지 머."

그 말에 다들 웃음을 터뜨렸다.

"기분이 전혀 안 나?"

명선이 재밌다는 듯이 또 물었다.

"기분이 날 리가 있겠니? 찢어질까 봐 겁이 나는데 그런 기분이 나냐?"

"하하하. 그렇겠다!"

종혁은 그때까지 재미있는 이야기들을 듣고만 있었다.

"내가 말해 줄게."

종혁이 입을 열었다.

"응."

이번엔 모두 다 종혁에게로 눈길이 쏠렸다.

"이런 데서 뛰다가 보면 별의별 인간들을 다 만나게 될 거야. 어떤 놈은 칙칙이를 뿌리고서 하자고 덤빌 거고. 또 어떤 놈은 어떤 물건을 차고 하자고 덤빌 거고, 아까 명선이처럼 비아그라를 먹고 하자고 덤비는 놈도 있을 거야."

"…."

"그런 애들일수록 너희들이 필요한 놈들이라는 것만 알아두면 돼 그냥 보통 사람들은 이런 것에 대해서 관심이 없는 경우가 많아. 어쩌면 그런 데에 관심이 있는 놈들이 니들한테 돈을 주고 하자고 그러는 거지. 내 말 맞지?"

"응. 그건 맞아."

"그러니까 니들은… 돈 받고 해주는 것만 하면 돼. 남자가 저엉 싫거든 나와 버리면 되는 거고."

"그런데 그게 마음대로 돼야지. 오빠는 그런 것도 몰라?"

"그래 그냥 나올 수 없다는 것도 알아. 그렇다면 거기서 약간 퉁겨야지. 그런 놈하고는 못 하겠다고 퉁기기도 해 그래야 남자가 팁이라도 더 줄 거 아냐"

"으응, 그건 맞아."

"남자는 거의 하고 싶어서 찾아온 놈들이야. 그러니까 니들이 요리하기에 달린 거야."

"…."

"처음에 척 보면 남자를 알아야 되는 거야. 어떤 남자는 돈이 있어서 즐기려고 오는 경우가 있을 거고, 또 어떤 놈은 돈이 없어도 여자 구경을 못해서 참다가 참다가 돈을 모아서 모텔에서 여자를 부르는 경우가 있어. 둘 다 여자를 원해서 모텔에 오는 경우지만, 니들이 알아야 할 것은 남자가 돈이 있느냐 없느냐 하는 것과, 남자가 본전을 뽑기 위해 안달을 하는 거냐, 아니냐 하는 것을 단번에 알아채야 하는 거라고."

"…."

"척 봐서 돈이 좀 있겠다 싶은 놈은 온갖 서비스를 해주면 팁을 받아낼 수 있지만, 돈도 없는 놈은 니들한테 투자한 돈도 아까워서 이렇게 해달라 저렇게 해달라 하고 요구 사항만 많게 되는 거야.”

“으응, 맞아…”

명선이 고개를 끄덕거렸다.

“니들도 남자들을 단순하게만 보면 안 돼. 남자들도 복잡한 놈은 굉장히 복잡해.”

“응? 그래? 오빠?”

“그럼! 어떤 놈은 니들 머리 꼭대기에서 노는 놈들도 있을 거야 그러니까 남자를 잘 봐서 요령 것 팁을 받아내기만 하면 돼 우리가 이렇게 뛰는 것은 대한민국 남자들에게 기쁨을 주는 일이고, 쾌락을 안겨주는 일이고, 성의 자유를 부르짖는 일이야. 하하하. 뭐 우리 구호가 거창하냐?”

“피이, 무슨 구호가 그렇게 거창해? 그냥 돈 받고 몸을 주는 거라고 하면 되지.”

“하하하. 그래 다 왔다. 내려.”

집 앞에 차를 세운 종혁은 미리 나와서 기다리고 있던 애들을 태워서 다시 모텔로 직행을 했다. 하루종일 그런 일들의 반복이 었다. 저녁 시간부터는 단란주점에서 연락이 오기 시작했다.

“운향이하고, 너, 미애는 솔로 단란주점으로 가고, 동옥이, 미라, 진희는 앗싸 단란주점에 가서 뛰어. 손님하고 싸우지 마라. 알겠냐?”

종혁은 미리 그런 부탁을 했다.

"응. 차에 타?"

저녁 시간이라 미리 준비하고 있던 그녀들은 서둘러 자리에서 일어났다. 하루종일 모텔을 뛰다가 집에서 잠깐 쉬었다가 저녁엔 다시 단란주점으로 뛰어나가야 했다.

"그래 빨리 타."

차 한 대에 여섯 명이 타기엔 비좁았지만 한 번에 그녀들을 나르기 위해선 구겨서 탈 수밖에 없었다.

"너무 비좁아. 오빠가 다시 한 번 더 뛰면 안 돼?"

차에 오르지 못한 미라와 진희가 차 밖에서 투덜거렸다.

"그냥 타. 뒷자리에 앉은 애들 무릎 위에 그냥 앉아. 내가 니들 두 번씩이나 뛸 시간이 어딨냐? 빨리 타라니까."

종혁이 다그치자, 미라와 진희는 할 수 없이 뒷자리에 올라탔다. 미리 탄 애들의 무릎에 앉아서 가야만 했다.

"금방 가니까 조금만 참아."

종혁은 급가속을 하기 시작했다. 집에서 불과 얼마 떨어 지지 않은 곳이어서 무릎에 앉아서 간다고 해도 그리 불편 할 정도는 아니었다.

단란주점에다 여자애들을 떨어뜨리고 난 종혁은 다시 모텔에서 온 전화 연락을 받고서 집으로 향했다.

집으로 가는 동안에 핸드폰으로 연락해서 모텔로 데려 갈 여자애들을 집 밖에서 기다리라고 하고선 달려갔다.

그래야만 조금이라도 시간을 더 벌 수가 있었다.

보도방의 일이란 밤낮이 따로 없었다.

오전 한 때만 잠깐 뜸했을 뿐, 정오가 지나면서 일을 하기 시작하면 새벽 여섯 시까지는 뛰어야 했다. 대개 남자들은 밤 늦도록 술을 마시기 때문에 단란주점이나 모텔에서 연락만 오면 여자애들을 태우고서 곧바로 달려가야 했다.

주로 밤에는 종혁과 형민이 번갈아 가며 핸들을 잡았다.

"형. 형은 안 피곤해?"

종혁이 운전을 하면서 졸리운 눈빛으로 물었다.

"야, 돈 버는데 이딴 일로 피곤하다고 그러냐? 전에 감방에서 썩던 거 생각하면 이건 아무것도 아닐 텐데? 안 그러냐?"

"그래도 잠을 못 자니까 너무 피곤해. 형."

"그러니까 여자애들을 태워주고 나서 기다리는 동안에 잠깐잠깐 눈을 붙이는 거야. 그런 요령도 없냐?"

"그게 되나? 형은…."

"왜 안 돼? 기집애들이 모텔로 들어가고 나면 차안에서 좀 자. 들어갔다 하면 최소한 30분은 넘잖아. 그 시간에 잠깐 눈을 붙이는 거야."

"그래도 난 잠이 모자라. 골이 어질어질해."

"하하. 그건 돈을 벌기 때문에 그런 거라고. 벌써 우리 통장에 얼마나 들어 왔냐? 그것 보고서 도 그런 소리 나와? 나도 낮에 모텔하고 단란주점 뛰어다니느라 눈 붙일 시간 도 없어. 너만 그러냐?"

"…."

종혁은 할말이 없었다. 형민이 형도 낮엔 모델들과 단란 주점들을 뛰어다니다가 밤엔 같이 합세해서 번갈아 가며 핸들을 잡는데도 피곤이 몰려오는 듯했다.

"야 핸들 이리 줘 내가 운전할게. 넌 뒤쪽에서 눈 좀 붙여."

종혁이 길가로 차를 몰아 세웠다. 운전석을 교대하고서 종혁은 뒷좌석으로 가서 머리를 기댔다.

"오빠는. 우리도 피곤해."

송영이 입을 삐죽 내밀면서 핀잔을 주었다.

"야 말도 마라. 니들이야 가만히 앉아서 가지만, 나야 그러냐? 운전하느라 피곤하지, 니들이 나오는 거 보려고 살피는 것도 피곤하다 야. 난 좀 자야 쓰겠다."

그리고선 종혁은 잠깐 잠 속으로 빠져들었다.

형민은 모텔 근처의 찻길에다 차를 세우고선 송영이와 영아가 내려서 모텔로 걸어가는 것을 지켜보고 있었다.

밤이 깊어 가면 갈수록 연락이 오는 곳이 많아졌다.

형민은 담배를 꺼내 불을 붙이고선 뒤쪽에서 자고 있는 종혁의 얼굴을 쳐다보았다.

'짜식. 퍼졌군 그래.'

형민은 피식 웃고는 앞 유리창으로 눈길을 주었다. 이런 일을 한다는 것은 겉으로 보기엔 화려한 일인 것 같지만 여자애들을 다루는 일이라 까다로울 뿐더러, 모텔 측과 여자애들 사이에 사소한 감정 싸움이 일어날 수도 있고, 남자 손님과 여자애들 사이에 서비스 문제로 싸움이 생기게 되면 골치 아픈 일이 아닐 수 없었다.

매매춘이라는 것은 남자 측에서 신고를 한다고 하더라도 양쪽 다 처벌을 받기 때문에 남자 측에서 섣불리 신고를 할 수는 없겠지만, 남자가 여자애한데 앙심을 품는다면 좋을 리는 없었다.

모텔에 매매춘을 하는 젊은 여자애가 드나든다면서 여러 번씩 신고를 해서 경찰이 나서게 되면 골치 아픈 일이 아닐 수 없었다.

여자애들이 모텔에 들어갔다가 나올 때까지 기다리는 동안은 사실 불안한 시간이라고 할 수 있었다. 그들이 일을 마치고 나와서 차에 올라타고 나서야 비로소 안심이 되기도 했다.

밤중에 길가에 차를 세워 놓고 기다리고 있는 동안에도 불안하기는 마찬가지다.

만약 경찰에서 매매춘 일제단속이라도 있어서 급습을 받게 되면, 모텔에서 일을 마치고 나온 여자애와 차안에서 기다리고 있던 사람이 같이 걸려 들어가게 돼 있었다.

일단 모든 열쇠는 보도방이 쥐고 있다고 할 수 있었다.

보도방을 하면서 걸리지만 않는다면 여자애들을 통해서 떼

돈을 벌 수 있는 일이었다. 그러나 한 번 걸렸다 하면 경찰서에서 돈을 왕창 쓰고 빠져나오거나, 아니면 꼼짝없이 구속을 감수해야만 하는 일이었다.

형민은 감방 안에서 매매춘이라는 죄명으로 구속돼 있으면서 창피할 수밖에 없었다. 법정에서 재판을 받을 때에도 검사가 매매춘에 대한 공소장을 낭독할 때는 방청객들이 이상한 눈빛으로 뒤통수를 쳐다보는 것 같기도 했고. 판사가 검사의 공소 사실을 들으면서 속으로 웃고 있는 것 같기도 해서 미칠 지경이었다.

그러나 감방 안에서는 누구나 다 보도방의 일에 대해서 관심거리였다.

처음에 교도소에 들어갔을 때는 매매춘이라는 죄명 하나만으로 사람 대접을 받지 못하는 것이었다. 매매춘을 알선하다가 들어온 놈은 인간 이하의 대접을 받기 쉬웠다.

"야 매매춘! 저쪽에 가서 꿇어앉아 있어!"

처음 신입으로 들어갔을 때 , 방장이라는 놈은 그런식으로 나왔다. 화장실인 뺑끼통 바로 옆에 가서 꿇어앉아 있으라는 말은 인간 같지 않다는 뜻이기도 했다.

감방 안의 사람들조차 그런 식으로 대했다.

"어이! 매매춘! 뺑끼통 청소해!"

"야, 매매춘아! 밥 처먹으러 와."

다들 그런 식으로 놀리기가 일쑤였다.

사회에서 저지른 범죄 중에서 가장 비겁하고 대우받지 못하는 죄명이 바로 매매춘과 미성년자 유인 약취, 강간이 라는 죄목이었다.

  그러다가 방안에서 고참이 되고 나면 그런 수모는 받지 않을 수 있었다. 감방 안에서는 고참이 되고 나면 신참을 부려 먹는 위치에 가있었기 때문에 방에서는 손 하나 까딱 하지 않고서도 지낼 수가 있었다.

  그랬다.

  보도방이란 일단 법망에 걸리지만 않으면 돈을 버는 직업이었다. 그러기 위해선 여자애들한테 신경을 쓰지 않으면 안되었다. 만일 낌새가 이상하다 싶으면 일단 튀고 보는 것이 상책이었다. 집에 있는 여자애들이야 그런 일 없었다고 하면 아무 문제가 없을 것이고, 현장인 모텔에서 붙잡힌 애들만 걸려들게 돼 있었다.

  그러나 그런 일은 별로 없었다.

  이미 사회가 그런 식으로 흘러가고 있었고, 성인인 남녀가 만나서 돈을 주고 받으면서 매매춘을 했다고 해서 법적인 문제가 개입되지는 않았다.

  섹스란 어디까지나 자유 의사에 달렸기 때문에 법으로 처벌한다는 것이 점점 어려워진 상태라고 볼 수 있었다.

  그러나 미성년자인 경우에는 원조교제라는 명목이 있었기 때문에 빠져나갈 구멍이 없는 일이었다.

"야. 니들 잘해라."

형민은 무심코 한 마디 던졌다. 뒷좌석과 옆자리에 탄 여자 애들은 민교와 선재, 주희였다.

"응, 오빠."

"말로만 알았다고 하지 말고. 손님에겐 최대한의 서비스를 해 줘야 되는 거야. 그래야 너희들도 팁을 받으면 좋고 나도 좋고. 알겠냐?"

"알았어."

여자애들은 저희들끼리 이야기를 주고받느라 형민이 골똘히 생각하는 문제를 전혀 눈치채지 못하고 있었다.

이제 갓 스물을 넘긴 여자애들이 세상이 어떻게 돌아가는지에 대해서 무엇을 알기나 할까.

그녀들은 세상과는 담을 쌓은 듯했다.

집에 오면 쉬는 시간에 유선방송의 영화나 비디오 테이프를 보면서 킬킬거리다가 연락이 오면 뛰쳐나가기에 바빴고, 시간이 날 때마다 모여서 고스톱을 치기에 바빴다.

새벽녘에도 연락이 오면 달려나가야 할 판이었다.

잠시 누워 있거나, 고스톱 판을 벌리거나, 비디오를 보면서 대기하는 것이 그녀들의 일이었다.

종혁과 형민은 번갈아 가며 핸들을 잡았고, 한 사람이 운전을 하면 다른 한 사람은 옆자리에 앉아 졸고 있거나 잡담을 하면서 밤을 새우는 것이 예사였다.

아침이 되어서야 그들은 편히 잠들 수 있었다.

오전에 자고 일어나면 여자애들이 만들어 준 점심을 먹고선 오후부터는 다시 모텔을 뛰기 시작했다.

모텔 근처에 가서 형민은 차를 세웠다.

주로 찻길 옆에 주차시키고서 여자애더러 내리라고 하고선 다시 다른 모텔로 옮겨가는 것이었다.

그래야만 누가 봐도 매매춘을 하는 보도방의 차라는 것을 눈치채지 못할 것이다.

"야, 민교야 내려 저쪽 골목에 있는 모텔 알지?"

"응. 알았어. 수고해."

민교는 차에서 내려 폴짝거리며 걸어갔다.

형민은 잠든 종혁을 깨우지 않기 위해 급하게 차를 몰지 않았다. 다음 모텔에서는 선재를 내리고는 다시 다른 모텔로 향했다.

"너, 손님한테 잘해라. 이왕 온 거 돈 벌어서 간다고 생각하고."

"응 오빠 여기서 기다릴 거야?"

"아니. 민교가 먼저 내렸으니까 그쪽부터 가야지. 빨리 나오면 나한테 핸드폰해라."

"응. 알았어"

주희가 내린 후에 차는 곧 처음에 민교를 내려줬던 모텔로 달리기 시작했다.

그제야 느긋해진 형민은 담배를 빼 물었다.

'바쁘다는 건 곧 돈버는 일이야. 놀면서 큰돈을 벌 수는 없지.'

형민은 연기를 내뿜으며 천천히 찻길 가에 차를 갖다 대었다. 아까 민교를 내려준 바로 그 자리였다.

차에서 나와 담배꽁초를 발로 비벼 끄고는 간단한 운동을 하기 시작했다.

감방 안에 있으면서 쇠 창살을 붙잡고 팔을 끌어 당기기, 쇠 창살을 잡은 채로 무릎 굽혀 펴기 운동을 하면서 하루빨리 바깥에 나갈 날만을 고대하기도 했었다.

보도방 일을 시작하면서 밤낮으로 뛰어야 했기 때문에 운동할 시간조차 나지 않았던 것이다. 가끔, 차를 세워놓고 기다리는 동안에 인도에서 쪼그려 뛰기를 하거나, 허리 굽혀 펴기를 하는 것이 고작이었다.

그리고선 다시 차안으로 들어가서 음악을 듣고 있거나, 대시보드 위에 설치된 7인치 TV를 보다가 그것도 심심해 지면 비디오를 보는 것이 유일한 낙이었다.

한편,

모텔로 들어간 민교는 카운터를 거쳐 방으로 들어갔다.

남자는 30대 초반이 었다.

민교는 일단 돌아서서 옷을 벗기 시작했다. 남자들은 대개 여자가 옷을 벗는 장면을 즐기는 듯했다.

"돌아서 보면 안 돼?"

이 남자 역시 그랬다. 옷을 벗는 장면을 정면에서 바라 보고 싶었던 것이다.

"…"

민교는 돌아서서 옷을 벗기 시작했다. 이왕 여기까지 온 거 옷 벗는 것을 보여준다고 해서 자존심이 구겨지는 건 아니었다.

"나이는 얼마야?"

"스물 한 살…"

"주민등록증 있나?"

남자는 그것까지 보고 싶어했다.

"안 갖고 왔어요."

"그래? 나이는 정말 맞냐?"

"네…"

민교는 얼른 옷을 벗고는 욕실로 들어갔다.

남자의 질문에 꼬박꼬박 말대답을 해 줬다간 괜히 시간만 낭비할 뿐이었다.

샤워를 마치고 나오자 남자는 어서 올라오라는 듯이 팔을 벌렸다.

민교는 침대 위로 올라가서 남자 옆에 누웠다.

일단 남자 옆에 누우면 남자가 먼저 애무를 해 주거나, 아니면 자신을 애무를 해달라고 시키면 그때서야 애무를 해 주면 되는 것이었다.

대개 남자들은 뜸을 들이려고 그랬다. 옷을 다 벗고 누운 여자를 감상하는 재미를 느끼는 듯했다.

괜히 의미 없는 대화를 던지기도 하고, 그것이 멋쩍어지면 여자의 아래쪽에 손을 갖다 대서는 어루만지기를 좋아했다. 그럴 때쯤이면, 민교는 일어나서 남자에게 애무를 해주는 것이 낫다고 생각했다.

"애무해 줄게요."

"응."

민교는 남자의 가슴부터 핥았다. 그리고는 목 어깨와 옆구리를 거쳐 아래쪽으로 내려갔다. 단번에 아래쪽부터 애무를 하게 되면 남자들은 대개 싫어하는 경우가 많았다. 최대한 빨리 끝내 버리려는 여자의 의도를 알아차리고는 더 시간을 길게 끌려고 하는 경향이 많았으므로 그런 내색은 하지 않는 것이 좋았다.

남자는 애무를 하고 있는 민교의 긴 머리카락을 쓰다듬으면서 혼자 즐기고 있었다.

"하루 몇 탕 뛰나?"

남자들은 그런 것들 곧잘 묻곤 했다.

"오늘은 처음이에요."

민교는 그렇게 대답하는 것이 남자에게 기분 좋게 하는 말이라고 생각되었다.

"그래? 내가 잘 불렀군."

역시 남자는 기분이 좋은 듯했다.

민교는 남자의 아래쪽을 애무하고 있었다. 애무하느라 구부린 등과 엉덩이를 보면서 남자는 한껏 흥분되고 있을 거라는 짐작은 충분히 하고도 남을 것이다.

남자는 손을 뻗어 민교의 엉덩이를 어루만졌다.

"오늘 잘해 주면 다음에도 또 부르지. 잘해 줘라."

남자들은 대개 그런 말을 했다.

"네."

민교는 빈 말이라도 그렇게 말해 주는 것이 좋았다. 어쩌면 단골이 될지도 모른다는 생각에서였다.

일단 단골을 만들어 놓으면 전혀 딴 남자와 관계를 하는 것보다는 조금 편한 기분이 들곤했다.

가끔 그런 남자들이 있었다. 단골이 되어서 한 여자만 부르는 경우도 더러 있었다.

민교는 정성껏 애무를 해 주고는 자신이 위로 올라가야 될 것인가, 아니면 남자가 위로 올라가도록 해야 할 것인 가를 얼른 알아내야만 했다. 그건 순전히 눈치로 알아내는 수밖에 없었다.

"제가 위에서 해요?"

남자의 눈치를 모를 때는 그런 식으로 물어보기도 했다.

"응, 그러지."

그러면 민교는 위로 올라가서 엉덩이를 살짝 내렸다. 처음부터 깊게 삽입하는 것보다도 얕게 삽입해서 조금씩 움직이면서 내려가는 게 남자에겐 더 짜릿한 쾌감을 던져주는 듯했다.

그런 식으로 애태우기를 해 줘야만 남자가 쉽게 달아오른다는 것을 알고 있었다.

뿌리를 축으로 해서 전후, 좌우로 엉덩이를 움직이는 것이 남자를 더욱 빠르게 달아오르게 했다.

남자는 불과 2분도 안 돼서 사정을 하기, 시작했다.

민교는 속으로 웃음이 나오려 했지만 웃을 수는 없는 일이었다.

"오늘 피곤하신가 봐요."

민교가 그렇게 묻는 건 일종의 미안함이었다. 그런 식으로 남자를 위로해 주는 것이 덜 미안하기 때문이었다.

"으응. 그러네."

남자들은 대개 일찍 사정한 것에 대해 미안함과 창피함을 동시에 느끼곤 했다.

너무 빨리 끝나 버리게 되면 그대로 일어날 수도 있었지만, 민교는 혹시라도 다음에 단골이 되어줄지도 모른다는 생각이 들면 다시 남성을 일으켜 세워서 재시도를 하도록 해주는 배려도 잊지 않았다.

"다시 해 보실래요?"

"그래도 돼?"

남자는 더욱 기분이 좋아지는 듯했다.

"너무 피곤하면 일찍 하잖아요."

"그런가? 맞아. 하하. 내가 몰랐군."

대개 남자들은 그런 식으로 얼버무렸다.

민교는 다시 애무를 하기 시작했다. 처음과 같이 정성껏 애무를 해 주면 30대의 남자는 다시 일어서게 돼 있었다.

애무를 마친 그녀는 이번엔 자신이 침대에 드러누웠다.

이번엔 남자가 위로 올라왔다.

"저 시간 많아요. 천천히 해 보세요."

"응. 그래."

민교의 그 말을 들은 남자는 고마워하는 눈치였다. 이번엔 실수하지 않겠다는 듯이 천천히 움직이기 시작했다.

"…."

민교는 스스로에게 최면을 걸듯, 남자의 뿌리에서 전해져 오는 느낌을 그대로 받아들이려고 애를 썼다. 남자가 기분 좋도록 해 주기 위해서 입에서 거짓 신음소리라도 내려면 스스로 그런 최면요법을 쓰지 않으면 안 되었다.

"아… 좋아."

민교는 거짓 신음소리를 냈다.

"좋아?"

"네."

"정말?"

"…네에 그렇게 해 줘요. 아주 천천히."

"그래…"

남자는 이제 자신감을 회복한 듯했다.

섹스란 바로 남자의ㆍ자신감과 일치한다고도 말할 수 있었다. 여자에게 미리 자신감을 잃어버리게 되면 자신도 모르게 사정해 버리는 것이 남자의 특성이럴 수 있었다.

민교는 될 수 있으면 적극적인 애무보다는 남자에게 용기를 북돋워주는 가벼운 애무만을 했다. 예를 들면, 남자의 등 어깨를 어루만지거나, 그곳을 잡고서 매달리듯이 그를 쳐다봤을 뿐이었다.

소극적인 남자일수록 여자가 적극적으로 나오게 되면 더 위축이 된다는 것을 그녀는 알고 있었다. 성이란 서로 조화를 맞춰나가야 한다는 것을 알고 있었다.

그녀는 남자가 원기를 회복해서 마음껏 자신의 실력을 구사할 수 있도록 해 주었다. 남자는 일단 자신감을 얻게 되면 자신만만하게 나왔다.

민교는 그걸 원했는지 모른다.

"너무 좋아요. 아까 하고는 틀려요."

"그래? 아깐 좀 피곤했지. 좋아?"

"네…"

민교는 남자의 어깨를 끌어당겼다.

"나도 좋아. 이제 힘이 나는 거 같아."

"이제 피로가 풀렸나 봐요."

"그런가 봐."

남자는 민교가 그렇게 말해 주는 것이 고마웠다. 대개 돈을 받고 이런 곳에 오는 남자들은 후딱 일을 끝내고서 나가기에 바빴었다.

그러나 오늘만큼은 그도 기분이 좋았다.

"아… 이제……."

남자는 더 이상 참지 못했다.

몸을 격렬하게 움직이기 시작했다.

"너 아주 좋은데?"

남자가 웃으면서 말했다.

"그래요? 저 이제 옷 입을게요."

"응. 그래."

남자는 기분이 좋았던지 민교에게 따뜻한 눈길을 보내 왔다.

"자, 이건 팁이야 받아."

남자는 돈을 꺼내 민교의 손에 쥐어주었다.

"고마워요. 다음에 부를 일 있으면 저를 불러도 돼요."

"이름이 뭐라고 하지?"

"민교라고 하면 돼요."

"응. 민교. 알았어. 오늘 고마워."

남자는 잘 가라는 듯이 손 인사까지 해 왔다.

민교는 밖으로 나왔다.

형민이 운전석에 머리를 뒤로 기댄 채로 잠들어 있었다.

"오빠 나 왔어. 가."

민교가 뒷좌석으로 올라타면서 말했다.

형민은 번쩍 눈을 뜨고는 핸들을 잡았다.

"잘 됐어?"

"응. 팁까지 받았어. 좀 늦었지?"

"응. 내가 깜박했나 보네."

형민은 피곤한 듯이 눈을 비볐다.

"오빠도 피곤한가 봐. 그지?"

"괜찮아. 팁까지 줬다고?"

"응 그 남자 너무 빨리 사정하드라. 그래서 두번 해 줬지 머."

민교는 이제 태연하게 그런 말을 할 수 있었다.

"두 번? 왜? 남자가 너무 빨랐어?"

"응. 정말 너무 빨랐어. 그래서 두 번 하라고 그랬지 머."

그제야 민교는 웃음이 튀어나왔다.

"왜? 얼마나 빨랐는데?"

형민도 민교가 킬킬거리며 웃는 모습을 보고 궁금했다.

"남자가 30대 중반은 된 거 같은데. 딱 2분도 안 돼. 하하.

우습지?"

"그게 뭐 우습냐? 빠르면 더 좋지."

형민도 웃었다.

"그래도 너무 하잖아? 오빠는 이상하다고 생각 안 해?"

"그럴 수도 있지 뭘 그러냐? 빠른 놈이 뭐 한두 놈이냐."

"후후. 너무 빨라서 내가 당황했어. 그래서 다시 해 보라고 그랬지. 그래서 남자가 고맙다고 나중에 팁까지 준 거 아냐"

"얼마 받았는데?"

"4만원."

"응? 많이 받았네."

"그럼! 나도 고맙지 머. 난 그냥 나중에 내 단골이나 되라고 생각하고서 더 하라고 그랬는데 말이야. 4만원이면 어디야? 안 그래? 한 번 더 뛰는 것하고 같잖아. 그지?"

"하하. 그럼 네가 아주 기차게 해 줬구나. 그러니까 4만원 이나 준거지."

"응. 좀 노력했어. 내가 또 한 번 했다 하면 거시기 끝내 주는 여자 아냐? 호호. 남자는 다 여자하기 나름이라는 말 몰랐지?"

"하하. 그래. 맞다"

"그 남자 말이야."

민교가 다시 말을 꺼냈다.

"응, 왜?"

"30대라면 결혼했을 거 아냐?"

"했겠지."

형민은 운전하느라 앞쪽만 보고 있었다.

"그런데 그렇게 빠르면 어떡해?"

"뭐가?"

"그럼 여자는 불만이 없나?"

민교는 그게 궁금했다. 만약에 결혼한 남자라면 그렇게 빨리 끝나 버린다면 여자는 어떤 생각일까 하는 궁금증이 일어났다.

"있겠지. 당연히 있겠지만 그것 갖고 싸울 수는 없는 거잖아."

"그것 갖고도 싸워?"

민교가 웃으면서 물었다.

"불만이 있으면 싸울 수도 있지. 꼭 그것만 갖고 싸운다 아니라, 다른 걸로도 싸울 수 있는 거지."

"어떻게 해?"

민교는 아직 어렸다. 결혼을 해보지 않은 나이라서 결혼 한 남자와 여자의 성적인 문제에 대해서는 전혀 모르고 있었다.

"그거야 할 수 없는 일이지. 그렇다고 남자가 갑자기 강해질 수도 없고. 여자는 여자대로 참거나 하겠지. 불만이 있더라도."

"그래서 모텔에서 여자를 사는 거야?"

"그럴 수도 있어. 자기 부인과는 불안해서 마음대로 못 하니까. 모텔 같은 데서 여자를 불러서 마음대로 해 보고 싶은 생각도 있겠지."

"그럼 내가 오늘 잘한 거네?"

민교는 다시 쿡쿡거리며 웃기 시작했다.

"남자는 말이야…"

형민은 민교가 잘 알아듣기 쉽도록 말을 하기 시작했다.

"남자는 강해지고 싶은 욕망이 있어. 누구에게나 다 있는 거야."

"응. 그건 알아."

"그래서 군에 있을 때에 포경수술도 하고, 성기에 감각을 없애려고 별난 짓을 다 하지. 감방에서도 그래. 뺑끼통 안에서 남자 성기에 감각을 죽이기 위해 시멘트벽에다가 남자 성기를 박박 문지르기도 하거든. 그게 다 성기의 감각을 무디게 하려고 그러는 거야. 여자들은 아마 남자들이 그렇게 하는 걸 모를 걸?"

형민은 웃으면서 그 말을 했다.

"그렇게까지 해? 그럼 아프잖아?"

민교는 얼굴을 찌푸리면서 다시 물었다.

"아파도 할 수 없지. 그렇게라도 해야 직성이 풀리니까. 남자들은 오래 할 수만 있다면 무슨 일이든지 다 해. 그게 남자야"

"그래? 그럼 오빠도 그랬어?"

"뺑끼통 안에 있을 때, 그냥 가만히 앉아 있으면 뭐하냐? 심심풀이 땅콩이라고… 앉아서 맨날 밥만 먹는 놈은 그런 거나 하면서 법무부 시간을 죽이지 머. 어떤 놈은 성기에 다마를 박기도 하고 포경수술을 하면서 해바라기를 한 놈도 있는데 뭐 그래."

"다마는 알겠는데, 해바라기는 뭐야?"

"해바라기 몰라?"

형민이 뒤를 돌아보았다.

"응."

"참 나… 그것도 모르냐?"

"몰라. 그게 뭔데?"

민교는 그게 궁금했다.

"너, 혹시 남자하고 그거 할 때, 남자 성기가 너덜너덜 한 거 못 봤냐?"

"응? 너덜너덜한 게 뭐야? 어디가 너덜너덜하다는 건데?"

"하이구야, 어디긴 어디야? 남자 껍질이지. 껍질이 너덜너덜하게 나와 있는 거 못 봤냐?"

"몰라. 그게 왜 그래?"

"너, 진짜 모르는구나."

"응. 뭔데?"

"감방에선 남자들이 포경수술을 하는데 말이야. 그냥 포경수술은 남자 성기의 껍질을 잘라내는 거잖아?"

"응."

"그걸 잘라내지 않고 앞쪽에서부터 대 여섯 군데를 양말에서 빼낸 나이롱 실을 가지고 꿰매어 버리면 꿰맨 부분은 살이 썩어서 여섯 갈래로 너덜너덜거리게 되지."

"응. 왜 꿰매? 안 아파?"

"야!"

형민은 운전을 하면서 민교가 답답했는지 버럭 소리를 질렀다.

"응. 왜? 오빠아."

민교가 애교로 나왔다.

"잘 들어. 남자들 포경수술은 그냥 껍질을 잘라내 버리는거지만, 그걸 잘라내지 않고 그냥 살리면서 해바라기처럼 너덜너덜거리게 만드는 거야. 남자 껍질 있지?"

"응."

"그걸 뚝 잘라내지 않고 앞쪽에서 여섯 군데를 나이롱 실로 꿰매서 꽉 묶어 버리면 피가 안 통해서 살이 썩지?"

"웅."

"그럼 살이 썩으면 어떻게 돼? 뚝 잘라지지?"

"응."

"남자 껍질을 여섯 군데나 꽉 꿰매 놨으니까 여섯 군데 에서 살이 썩으면서 뚝 잘라지겠지? 그러면 그것들이 해바라기처럼 짝 벌어지나, 안 벌어지나?”

“아, 이제 알았다. 해바라기 꽃잎처럼 여러 갈래로 벌어 진 다는 거야?”

“그래. 이 바보야 이제 알겠냐?”

“아, 그거구나!”

“그런 거 봤어?”

“응 저번엔 한 번 봤어. 어떤 남자가 이상하더라고… 내가 애무를 해 주는데 껍질이 여러 갈래로 벌어져 있는 걸 봤어.”

“바로 그거야. 그게 해바라기라는 거야.”

“으응, 그거구나?”

“그거 한 놈하고 해 보니까 어때?”

“좀 틀렸어.”

“어때? 많이 틀려?”

“내가 만져 봤거든. 너무 신기해서 자꾸 만져 봤지. 그런데 앞쪽에 벌어진 해바라기에 뭔가 들어 있는 거 같던 데? 그게 뭐야?”

“안 물어봤어?”

“당연히 물어봤어. 근데 대답은 안 해 주고 실실 웃기만 하 더라 머.”

“아, 그건 해바라기 끝 부분에 다시 다마를 박은 거야. 그 때 어때? 끝 부분에 동굴동굴한 것이 만져지지 않았냐?”

“맞아! 동굴동굴한 것이 만져졌어. 그게 다마야?”

"그래. 해바라기 끝에다가 다시 다마를 박은 거야. 그래서 여자 질 속에 들어가면 해바라기가 짝 벌어지면서 해바라기 속에 박혀 있는 작은 다마가 마구 움직이는 거지. 그런 거 못 느꼈어?"

"으응. 그런 거 느꼈어. 질 속에서 마구 굴러다니는 것 같온 느낌을 받았어. 아주 이상한 기분이 들었어."

"기분 좋았나?"

"응 약간."

"나도 감방에서 그거나 하고 나올까 했는데, 그거 박으려면 포경수술을 안 한 사람이라야 하거든."

"왜?" "포경수술을 해서 껍질을 잘라내 버린 놈은 못하지. 껍질을 잘라내 버렸으니까 해바라기를 만들 수가 없는 거지."

"아… "

그제야 민교는 이해가 되는 듯했다.

"그거 한 놈은 다 감방에 갔다 온놈이야. 그런 말 안하데?"

"그런 말은 안 했어. 그냥 병원에서 했다고 하던데?"

"하하. 그 놈이 거짓말 쳤구나. 그런 건 병원에서 안 해 줘다 감방 안에서 하는 거야."

"그럼 감방에서 다마를 껍질 속에 어떻게 집어넣어? 병원도 없다면서?"

"다 하는 수가 있지. 대나무 젓가락 있지?"

"응."

"감방 안에서 옛날에 대나무 젓가락을 썼어. 그 대나무 젓가락을 시멘트 바닥에다 박박 문질러서 칼날처럼 뾰족하게 만드는 거야."

"응."

민교는 자꾸만 호기심이 났다.

"그걸로 너덜너덜해진 해바라기 껍질을 쭉 잡아당기고 서푹 찌르는 거야. 그러면 맞창이 나면서 뚫어지는 거지. 그 속에다 칫솔 손잡이를 시멘트 바닥에 갈아서 만든 알다마를 집어넣는 거야 나중에 살이 아물고 나면 살 속에 다마가 그대로 박혀 있는 거지."

"여섯 군데나 다?"

"그렇지!"

"그럼 많이 아프잖아?"

"눈물이 찔끔 날 정도로 아프지. 그래도 멋진 물건을 만드느라고 참는 거지. 그 정도도 못 참고 어떻게 그런 물건을 만드냐. 안 그래?"

"아, 그렇게 하는구나."

"그걸로 집어넣으면 여자가 미치는 거지. 너도 기분이 좋았다며?"

"응. 이상한 것이 질 안에서 꿈틀거리며 마구 굴러다니는 것 같았어. 남자가 움직일 때마다 그게 느껴졌거든."

"하하. 맞아. 남자 성기 끝에 여섯 갈래의 해바라기가 움직이면서, 그 여섯 갈래 해바라기 끝에 작은 다마가 들어 있으니까 같이 움직이는 거지. 그래서 여자는 그게 움직이니까 간질거리는 느낌이 드는 거고."

"아하하. 그거구나."

"이제 알았냐?"

"응. 아주 웃기는 거네?"

"웃기는 것이 아니고. 그게 진짜 물건이라는 거야. 그런 거 한 번 맛보면 여자는 딴 남자하고는 못해."

"그 정도야?"

"그럼! 그러니까 감방에 있을 때에 그런 걸 해서 나가려고 그러지."

"그럼 살 속에 다마가 박혀 있는데도 괜찮아?"

"왜? 뭐가 어떻게 될 거 같아?"

"안 썩느냐고."

"하하 안 썩지. 그게 썩으면 잘라내야 되지. 너, 혹시 남자 성기가 이따만하게 큰 거 봤나?" 형민은 운전을 하던 손을 들어 주먹을 쥐어 보였다.

"아, 그거? 남자 성기가 크게 만들어져 있는 거?"

"그래 앞쪽에만 둥그렇게 크게 만들어져 있는 거 말이야."

"응. 봤어."

민교는 다시 궁금해지기 시작했다.

"그거는 어때?"

형민도 민교가 그때 어떤 기분이었는지 알고 싶었다.

"너무 커서 아파. 어떤 남자가 그걸 했는데 처음 보니까 너무 커서 겁나는 거 있지 그게 들어오면 찢어질 거 같다는 생각이 막 들었어. 진짜로... 들어오니까 장난이 아니데. 그거는 껍질에다 뭐를 집어넣는다는 말을 들었어."

"하하. 그건 포경수술을 한 놈들이 해바라기는 못하고 하니까 껍질 속에다가 바셀린을 집어넣어 놓은 거야."

"바셀린? 그걸 어떻게 집어넣어?"

"감방 안에서 못하는 게 어딨냐? 병원에 가면 겨울에 동상 연고를 얻어올 수 있거든."

"응."

"그게 바로 바셀린이야. 병원에서 징역살이하는 출역수 놈한테 사바사바해서 먹을 것을 주고서 주사기를 몰래 얻어서 바셀린을 녹여서 껍질 속에다 집어넣는 거라구..."

"주사기로?"

"그래 하하."

"그럼 살 속에서 퍼지잖아? 옆으로 안 퍼져?"

"잘 들어."

형민은 담배를 꺼내 입에 물고는 불을 붙였다. 민교하고 감방 이야기를 하는 것이 심심하지 않았다.

"응."

"바셀린을 쏘기 전에 남자 물건에다가 바셀린이 옆으로 막

퍼지지 않게 양말에서 푼 나이롱 실로 껍질을 묶어두는 거야. 0.5센티 정도 간격으로 묶어둔 다음에 그 중간에다 바셀린을 쏘게 되면 바셀린이 실로 묶어둔 그 안에서만 고여 있게 돼. 알겠냐?”

"아, 실로 양쪽을 묶어놓고서 실로 묶어둔 그 안쪽에다 바셀린이라는 것을 쏜다는 거야?”

"하하. 그래. 그러면 옆으로 안 새나가지.”

"그래서 그렇게 큰 거구나?”

"무지 막지 하게 크지?”

"응 너무 커서 자기가 거시기에다 침을 발라서 집어넣느라 껑껑거리던데?”

"잘 들어가?”

형민이 또 다시 킬킬 웃어댔다.

"안 들어가. 얼마나 컸는지 몰라.”

"그게 들어가니까 어때? 기분이.”

"안이 먹먹할 정도야. 질이 쫙 늘어난 것 같은 기분이야 막 찢어질 것만 같고…”

"기분은 어됐어?”

"꽉 차니까. 처음엔 조금 기분이 좋은 것 같더니만 나중엔 막 아파.”

"그렇겠지. 그게 바로 바셀린을 넣은 물건이야”

형민은 다시 웃었다.

"그거는 나중에 괜찮아?"

"괜찮기는. 그건 나중에 살이 썩어들어가."

"썩어? 왜?"

민교는 깜짝 놀랐다.

"썩지. 바셀린이 살 속에 들어가서 오래 있으면 썩어. 나중엔 옆으로 퍼지기도 하고."

"그럼 어떡해?"

민교는 울상이 된 얼굴로 형민을 쳐다보았다.

"할 수 없지 머 처음엔 썩는지도 모르고서 한 거니까."

"썩으면 어떡해? 내가 봤을 때는 괜찮던데?"

"남자정기는 기름덩어리라서 쉽게는 안 썩지. 1년 정도 지나고 나면 그때부터 서서히 썩어들어가. 나중엔 살 속으로 바셀린이 스며들어서 병원에 가도 바셀린을 제거 할 수도 없게 되는 거지."

"그럼 어떡해?"

민교는 끔찍한 것을 본 것처럼 놀란 표정을 지었다.

"그건 병원에서도 못 빼내 이미 살속으로 조금씩 퍼지면서 스며들었기 때문에 긁어낼 수가 없는 거지. 그래서 손도 못 대는 거지 머"

형민은 대수롭지 않게 말을 했다.

"그럼 그냥 놔둬?"

"놔두는 수밖에 없지. 아니면 잘라내던가."

형민은 또 웃었다.

"그건 안 되잖아?"

"할 수 없다는 거지. 그래서 남자들은 크게 키우는 것을 좋아하고, 뭔가를 박으려고 하는 거지."

"왜 그럴까아? 그냥 해도 기분이 좋을 건데…"

"그건 지 마음이야. 지 물건 갖고 지랄을 하든 말던 남이 상관할 바가 아니지."

"그런 걸 여자가 좋아하나?"

"처음엔 좋아하겠지. 크니까. 나중엔 살이 썩어 들어가면 후회하겠지 머."

"남자들은 참 이상해 그런 걸 해서 여자들이 좋아할까 봐 하는 거지?"

"그럼. 그건 남자들의 심리야 다른 놈보다 더 강하고. 크고, 세기를 바라는 거니까."

"난 남자들이 너무 이상해. 서로 기분만 좋으면 되는 거 아냐? 만약 내 애인이라면 그런 걸 못하게 막을 거야."

"하하. 여자는 그렇지만 남자는 안 그래. 주먹잽이들도 그거는 크고 싶거든. 그리고 강하고 싶은 게 남자들이야. 그래서 남자들이 비아그라를 찾는다는 거 아냐."

"난 비아그라도 싫어. 그거 먹고 하는 사람 보면 이상하게 보여."

"왜?"

"꼭 그것만 밝히는 사람 같아서."

민교는 킥킥 웃었다.

"남자가 일찍 사정하고 나가떨어지면 기분이 좋겠냐?"

"그런 건 싫지."

민교의 솔직한 대답이었다.

"거 봐. 너도 싫다고 하지?"

"어느 정도만 하면 되지. 뭐 그렇게 오래하려고 그래?"

"어느 정도?"

형민은 민교가 우습다는 듯이 뒤를 돌아보았다.

"뭐 보통이면 되지 머… 그게 얼마야?"

"보통 남자들은 5분에서 10분이잖아?"

"그래."

"그 정도만 하면 되지 뭐."

"그럼 5분?"

형민이 또 웃었다.

"아니. 10분 정도."

민교도 따라 웃었다.

"10분 정도 하는 남자 몇 명이나 돼?"

그건 민교가 이때까지 경험해 본 남자 중에서 10분이나 하는 남자가 몇 명이나 되겠느냐는 질문이었다. 타인의 성이란 누구에게나 관심의 대상일 수밖에 없었다.

"별로 안 돼. 반반 정도 되나?"

"반반? 그럼 5분 짜리 반하고, 10분 짜리 반이라는 거야?"

"응."

"하하. 너같이 전문적으로 하는 여자하고 같이 해서 10분 정도 가는 놈이라면 아주 센 놈이야."

"으응. 10분 정도가 되면 시간이 아주 길게 느껴져. 5분하고 10분은 엄청난 차이가 나는 거 같애."

"너, 이런 일하는 거 재밌냐?"

형민은 민교가 어떻게 생각하는지 알고 싶었다.

"응. 재밌어. 요즘 살기도 어렵고 한데 나같이 공부하기 싫어하는 애들이야 뭐 이런 거하는 것밖에 더 없잖아. 길거리 나가서 쭉 빠진 몸매로 핸드폰 선전하는 애들처럼 아르바이트를 할 수도 없고… 또, 그런 일은 돈이 적잖아. 그래서 돈 많이 버는 게 좋아."

"돈 벌면 뭐할 건데? 나중에 말이야."

"그런 거 아직 생각 없어. 그냥 잘 쓰고, 잘 입고, 잘 노는 거지 머. 우리 또래 여자애들은 다 그래. 깊이 생각해 봐야 골머리만 아프고… 재밌게 사는 게 좋지 머."

형민이 알기로도 그랬다. 요즘 젊은 여자애들은 그저 노는 것에만 정신이 빠져 있었다. 맛있는 거 사먹을 수 있으면 좋고, 좋은 옷 사 입으면 좋고, 돈을 좀 많이 갖고 있으면 좋고, 힘든 일보다는 쉬운 일을 하면서 빨리 돈을 버는 것을 좋아했다. 그 이상의 일들은 생각지도 않는 듯했다.

어쩌면 목표 의식이 없다고도 할 수 있었다.

형민이 데리고 있는 애들은 거의가 그랬다. 옛날 주간지에서나 볼 수 있었던, 몸을 팔더라도 찢어지게 가난한 가족들을 먹여 살리기 위해서 혼자의 힘으로 돈을 벌기 위해 이런 일을 한다는 여자애들은 한 명도 없었다.

전부 다 돈을 벌어서 좋은옷을 사 입기 위해, 혹은 사고 싶은 것을 마음껏 사기 위해, 평소에도 돈을 많이 갖기 위해서 몸을 파는 것이라고 할 수 있었다.

그녀들의 성은 이미 물건이나 마찬가지였다.

남자가 원하면 몸을 제공해 주고 나서 돈으로 받겠다는 생각뿐이었다.

"자, 다 왔어 여기서 기다릴게."

형민은 민교를 내려주고는 의자 뒤로 머리를 기댔다. 민교가 모텔로 걸어가는 것을 보면서 담배를 꺼내 물었다.

그녀들이 돈을 벌기 모여든 부나비라면, 자신은 부나비들을 불러모으는 모닥불에 불과한 존재였다. 화려한 불빛을 보고 달려든 부나비들을 모텔로 집어넣고서 그녀들이 알몸으로 남자의 욕심을 채워주는 동안, 자신은 차안에서 핸들을 잡은 채로 부나비가 모텔에서 빠져나오기를 기다리고 있는 중이었다.

부나비가 무사히 빠져나오면 다시 포근한 둥지로 데려가서 쉬게 하고선 다른 부나비를 데리고 앳된 여자의 몸매를 찾는 다른 남자들에게 선을 보이기 위해 차를 몰아야 했다.

부나비는 남자를 유혹하는 존재였다.

망사 팬티처럼 얇디얇은 날개를 파닥거리며 남자의 주위로 날아가서 남자의 꿀물을 빨아들이는 것이었다. 꿀물 가득 채워오면 보도방이란 존재는 그 꿀물을 같이 나눠먹는 존재였다.

서울의 밤은 환락의 늪이었다.

돈이 있는 자는 성욕을 채우기 위해 돈을 허비했고, 돈도 없고 빽도 없는 자는 쓴 소주잔으로 성욕을 달래야만 했다.

가진 자와 못 가진 자의 차이랄까.

가진 자는 영계를 품에 안고 하늘 높이 올랐다가 공중에서 꿀벌과 같이 잠깐 동안의 환락에 젖어들 수 있었지만, 돈도 빽도 없는 자는 곰팡내 나는 골방에서 불끈 선 성기를 거머쥐고서 혼자 하는 자위행위를 통해서 무지막지한 성욕을 잠재우는 수밖에 없었다.

돈이 있는 곳이라면 어디든 달려가는 부나비들의 인생이란 젊음이 있기에 가능한 일이었다. 이제 갓 피어난 육체의 탐스러움을 돈과 맞바꾸면서 그녀들은 남자의 꿀물이 있는 곳이라면 어디든 찾아갈 수가 있었다.

길가에 짙은 선팅이 돼 있는 차에서 미모의 젊은 아가씨가 내린다고 해서 세상은 눈여겨보지 않았다.

일상에 바쁜 사람들은 미모의 젊은 아가씨가 차에서 내려

골목으로 들어간다 해도 종종걸음을 치는 아가씨의 뒷모습에서 예쁜 엉덩이를 훔쳐보면서 만족해하곤 했다.

형민은 늘씬한 민교가 모텔로 걸어가는 모습을 지켜보며 골목에서 마주친 남자가 흘낏 민교의 섹시한 뒷모습에 눈길을 던지며 지나가는 것을 볼 수 있었다.

남자들은 섹시한 여자가 걸어가는 모습에서 왜 눈길을 떼지 못하는 걸까.

아마도 그런 남자들은 섹시하고 젊은 여자를 품에 안아 보고 싶어하는 욕망이 있을 것이다. 만약 수중에 돈이 있다면 그 돈으로 저런 아가씨를 꼬셔 보겠다는 욕망이 숨어 있지 않을까.

형민은 옆자리에 잠든 종혁의 얼굴을 내려다보았다.

같은 감방 안에서 서로 다른 죄명으로 만나 여기까지 오게 될 줄은 꿈에도 몰랐던 것이다.

종혁의 미끈한 얼굴과 남자다운 부드러움은 여자애들의 기분을 맞춰주고 다독거리기에 딱 알맞았다. 평소에 여자애들은 종혁에게 오빠 이상으로 잘하는 듯했다. 물론 보도방이기 때문에 그녀들이 따르게 되는 건 당연한 일이지만 인간적인 정이 깊어져야 서로 신뢰감이 생기는 것이었다.

형민은 밤늦은 찻길에서 지나가는 남자들의 모습을 유심히 지켜보고 있었다.

늦은 밤시간이라선지 벌써 술에 절어서 비틀거리며 걷고

있는 남자들이 있는가 하면, 방금 도착한 택시에서 내린 남자는 비틀거리며 서서 지갑 속에서 지폐를 꺼내 운전사에게 건네주고 있었다.

시간에 쫓기는 택시기사에게 미리 도착하기 전에 돈을 건네주면 서로가 유리할 텐데, 술 취한 남자는 도착지에 다 와서야 택시에서 내려 지갑을 열어 보이고 있다.

세상 사람들이 다 제멋대로 살아가는 것만 같았다.

술 취한 사회라고나 할까.

성욕에 굶주린 사회라고나 할까.

유명 연예인이 찍은 포르노가 떴다하면 온 세상이 떠들썩하고, 어린 학생들이 먼저 인터넷에 연결해서 훔쳐보고 나서 나이 든 성인층으로 확산되어 나가고 있었다.

PC방에서는 하루종일 죽치고 앉아 포르노를 보느라 정신이 없는 젊은이들이 담배연기에 절어 있었고, 점잖은 중년층들도 포르노를 찾기에 혈안이 돼 있으면서도 겉으론 점잖은 척하는 사회였다.

그런 틈바구니 속에서 종혁과 형민은 여자를 공급해주는 일을 맡고 있었다.

은밀하게 거래하는 장사.

모텔에서 남자 손님이 들면 여자가 필요하냐고 묻고, 귀가 번쩍 뜨인 남자는 지갑 속의 돈을 꺼내 무조건 예쁜 여자, 잘 빠진 여자, 영계를 불러달라고 소리친다.

모텔은 가만히 앉아서 돈을 벌고, 보도방은 여자를 태워서 나르면서 돈을 벌고, 여자애들은 모텔과 실어 나르는 보도방 오빠들에 의해 모텔로 들어가기만 하면 잠깐동안에 하루치의 일당을 벌어오는 샘이었다.

손님이 낸 7만원 중에서 모텔 주인이 방을 빌려준 대가와 여자를 불러주는 수고비로 2만원을 뜯고, 보도방은 자동차 휘발유 값으로 다시 2만원을 뜯고, 나머지 3만원은 옷을 벗온 여자애들이 가지는 돈이었다. 하루에 열 명의 남자들에게 옷을 벗으면 팁까지 합쳐서 하루에 40만원 가량의 돈을 벌수가 있다.

남과 밤이 따로 없는 모닥불 세상이라고나 해야 할까.

오후부터 일을 시작하면 새벽 6시까지 대충 열 명의 남자를 만나게 된다. 그 남자들에게 화끈한 서비스를 해 주고서 손님이 집어주는 팁까지 받는다면 어린 나이의 여자 애들에겐 적지 않은 수입이었다.

보도방의 일이란 언제 어느 모텔에서 연락이 올지 모르기 때문에 항상 대기 상태에 있어야 했다.

연락이 올 때까지 집에서 기다리는 수밖에 없었다.

그녀들은 한 집에 서너 명씩 기거하면서 고스톱을 치고 있거나, 비디오 테이프를 빌려와서 영화를 보면서 시간을 보내는 수가 많았다.

그것도 아니라면 잠깐이나마 눈을 붙이면서 잠을 자는 경우도 있었다.

남자를 유혹하기 위한 기다림이 아니라, 남자가 먼저 필요해서 부르기까지 기다리는 것이었다.

종혁은 아직도 곤히 자고 있었다.

낮 시간 동안에 몰린 피로가 더덕더덕 쌓인 듯했다.

형민은 사랑하는 동생인 종혁이 잠에서 깨지 않도록 음악조차 틀지 않았다. 차 문을 조심스럽게 열고선 밖으로 나왔다.

담배를 꺼내 피우고는 간단하게 운동을 하기도 했다.

누가 보면 건달 세계에 있지 않나 할 정도로 건장한 체구였지만 감방 안에서부터 계속하던 운동 습관을 그대로 갖고 있었다.

새벽 시간이라 사람들의 발걸음이 점점 뜸해지고 있었다.

보통 여자애가 모텔로 들어가면 30분 정도 시간이 걸렸다. 샤워를 하는 시간과, 관계를 하는 시간과, 마지막으로 간단하게 샤워를 하고 나오는 시간을 합해 봐야 대략 30분정도면 모텔 밖으로 얼굴을 드러내게 마련이었다.

형민은 손목시계를 들여다보았다. 민교가 들어간지 30분이 가까워오고 있었다.

민교는 모텔 방에서 낯선 남자의 아랫도리 공격을 받고 있었다. 처음엔 민교가 애무를 하고 나서 남자를 흥분시키기 위해서 남자 위에 올라타고서 맛보기로 잠깐 성관계를 하는 시늉을 했지만 그 다음부터는 남자에게 주도권을 넘겨주고선 침대에 드러눕는 것이 가장 편한 자세였다.

하루에 열 명 가까이 관계를 하면서 매번 위에서 하라고 한다면 다리를 벌리느라 허벅지가 아파서 일을 하지 못할 지경이 되고 말 것이다.

그것도 일종의 요령이었다.

요령 없이 그런 일을 했다간 괜히 몸만 축날 뿐이었다.

20대 후반의 남자는 곧 사정할 기미였다.

어디서 술을 마셨는지 입에선 술냄새가 났다.

20대의 남자는 정신없이 아랫도리를 움직이고 있었다. 사정에 즈음할 때는 대개의 남자들이 그랬다.

"아… 좋아."

민교는 남자의 청력을 자극함으로써 더 빨리 사정에 이르도록 하는 것도 기술이라고 생각했다.

"아!"

20대의 남자는 기어코 사정을 참지 못하고 허덕이기 시작했다. 이미 그때는 사정이 되고 있는 순간이었다.

민교는 남자의 등 어깨를 꽉 잡아당겼다.

그럼으로써 기분 좋게 사정하라는 뜻이기도 했다.

남자는 그대로 풀썩 쓰러진 채로 민교의 젖가슴에다 얼굴을 파묻었다.

"…."

민교는 마치 자신이 흥분한 것처럼 거친 숨결을 뿜어냈다. 그것도 일종의 남자를 즐겁게 해 주기 위한 기술일 뿐이었다.

"아아. 너무 좋아 어때?"

남자는 꼭 그런 질문을 던지곤 했다.

"으응. 좋아요. 다 끝났어요?"

"응. 조금만 그대로 있어."

"…."

남자의 마지막 요구를 거절해 버릴 수는 없었다. 마지막 까지 남자의 요구를 들어줌으로써 민교는 이 남자에게 좋은 인상을 남길 것이기 때문이었다.

"이제 됐어…"

20대의 남자는 화끈하게 몸을 떼어냈다. 민교는 남자가 뒤처리를 하는 동안에 욕실로 들어가서 씻었다.

대개 나이 든 남자일수록 더 오래 시간을 끌려고 그랬지만 20대의 남자들은 일이 끝나면 곧바로 일어나는 화끈함이 있어서 좋았다.

샤워를 끝내고 방으로 들어가서 옷을 입었다.

"나이 얼마야?"

"나? 스물 둘. 오빠는 몇 살이야?"

"난 스물 여섯 살이다."

"애인 없어?"

민교는 어느 새 오빠 같은 생각이 들었다.

"있지."

"근데 왜 애인하고 안 하고 돈주고 하는 거야?"

민교는 애인이 있는 남자하고 관계를 했다는 것이 뿌듯 했다.

만약 애인도 없는 남자라면 그냥 돈 받고 한 것밖에 아니라는 생각이 들었지만 애인이 따로 있는 남자는 왠지 모르게 다른 느낌으로 다가왔다.

"그거? 하하. 애인하고도 할 수 있지만, 딴 여자와도 하고 싶어서지 머."

"왜? 애인하고 하면 더 좋잖아?"

민교는 옛날에는 애인을 한 명 갖고 있었지만 헤어진지 오래였다.

지금이라도 애인을 한 명쯤 갖고 있다면 가끔 외로울 때나 즐기고 싶을 때에 불러내서 사랑하는 연인들처럼 놀고 싶었지만 이런 일을 하고 있는 지금으로선 엄두도 못 낼 일이었다.

"으응, 애인하고는 이렇게 내가 하고 싶은 대로 할 수 없는 거잖아. 차라리 돈주고 마음 편하게 하는 게 낫지."

"돈주고 하면 마음대로 할 수 있어서?"

"그래 내가 하고 싶은 대로 다 할 수 있으니까."

"어떤 거? 애무해 주는 거?"

민교는 부끄러운 말이었지만 솔직하게 물어보았다.

"응 애인한테 어떻게 그런 걸 요구할 수 있겠냐."

"그럼 사귄 지 오래 되지 않았나 보네?"

민교는 남자의 애인이 어떤 여자인지 궁금해졌다.

"이제 두 달 됐어."

"이런 거 자주 안 해 봤어?"

"일주일에 한 번 정도? 한 번도 못 할 때도 있고. 그런 사이야."

"그럼 진도가 많이 안 나갔네?"

"그런 셈이야. 왜 자꾸 그런 거 물어? 너, 관심이 있는 거야?"

"아니. 그냥 궁금해서. 어디서 만났는데? 소개팅?"

"인터넷 채팅에서 만났어."

"나보다 더 이쁜가 보다. 얼마나 이뻐?"

"하하. 너보단 안 이쁘지. 그냥 그저 그래. 채팅할 때는 이쁘다고 나한테 구라를 쳤는데, 막상 만나서 보니 그냥 그저 그런 애야."

"뭐 하는 앤데?"

"왜 자꾸 꼬치꼬치 캐묻지?"

남자가 씩 웃으면서 겸연쩍어 했다.

"그냥 알고 싶어서 그래. 오빠. 뭐 알면 싫어? 그럼 안 물을게."

"그런 건 아냐. 궁금하면 말해주지 머."

"후후. 나도 옛날엔 채팅방에서 좀 놀았어."

"그래? 그럼 학교는 어디 나온 거야?"

"대학은 나왔지. 요즘은 채팅을 안 하지만 이런 일을 하니까 채팅할 시간이 없어."

"피곤해서?"

"응. 밤새도록 이런 일을 해야 하니까. 손님이 찾으면 언제든지 나와야 하니까."

"그렇구나. 그럼 피곤하겠다."

"옛날에 학교 다닐 때가 좋았지 머. 오빠는 무슨 일 하는데?"

"나? 그냥 번역 일 하고 있지. 원에 다니면서."

"대학원?"

"그래."

"그럼 돈이 없겠다? 이런 거 한 번 하려면 돈은 어디서 벌어? 번역해서 돈을 벌어?"

"겨우 학비만 될 뿐이지."

"그럼 돈이 없잖아?"

"…."

그는 담배를 꺼내 불을 붙이고는 침대 옆에 담배 갑을 내려놓았다. 옆에 앉은 민교는 담배 갑을 집어들었다.

"나도 한 대 피울게."

"그래."

두 사람은 담배를 피우며 앉아 있었다.

민교는 남자 옆에 옷을 벗은 채로 앉아 있었지만 부끄럽지가 않았다 마치 옛날 애인과 섹스가 끝나고 나서 같이 누워서 담배를 피우고 했던 생각이 들었다.

"오빠는 애인한테 미안한 생각 안 들어?"

민교가 물었다.

"미안하긴."

"나하고 이런 거 해서 미안하다는 생각 안 들어?"

민교가 웃으면서 물었다.

"내가 잘못해서 배운 거라고 생각해. 이렇게 해서 배우는 거라고 생각하면 되지."

"뭘 배웠는데? 오빠는?"

"경험을 통해 배우는 거지. 섹스라는 것은 자주 해 봐야 느는 거 아냐?"

"그건 맞아 자꾸 해 보면 늘겠지."

"그러면 여자한테는 좋은 거 아냐? 난 그렇게 생각하는데."

"오빠는 딴 여자하고 많이 해 봐서 경험을 많이 쌓으면 애인한테 잘 해줄 거라고 생각하는 거야?"

"그런 셈이지. 결국 내가 잘 하면 그 여자도 좋아할 거니까."

"그럼 오빠한테 잘 하는 방법 가르쳐 줄까?"

민교는 담배연기를 훅, 불면서 웃어댔다.

"그래 좋아. 어떤 건데?"

남자는 담배를 비벼 꺼버렸다.

"오빠 나 시간이 늦었어. 나한테 투자 좀 하면 안 돼?"

"투자? 돈 말하는 거야?"

"응 나도 늦으면 미안하잖아. 오빠하고 너무 오래 있으면 바깥에서 기다리고 있는 오빠한테 미안하거든."

"아. 밖에서 기다린다는 말이지?"

"응. 그래서 돈 조금만 투자하면 내가 잘 가르쳐줄게."

"얼마 주면 되지?"

남자는 순진했다. 바지를 끌어당겨 지갑을 꺼냈다.

"알아서 줘 아까 준 돈을 다 달라고는 하지 않을 테니까."

"그럼 2만원만 팁 주면 안 되나? 나 돈 별로 없어."

남자는 지갑을 열어 지폐 두 장을 꺼내 보였다.

"응 그럼 그걸로 됐어. 미안해. 오늘 오빠한테 그걸 가르쳐 주고 싶어서 그래. 내가 돈이 필요해서 이러는 거 아냐."

"응 알야 팁은 줘야지."

"오빠 이름이 뭐지? 자꾸 오빠라고 부르니까 좀 그래."

"창우. 김창우야"

"응. 창우 오빠 내가 잘 가르쳐줄게. 나를 애인이라고 생각해."

"그래 고맙다."

"우선 누워봐."

"….'

민교는 침대에 누운 창우의 몸을 애무하기 시작했다. 가슴에서부터 시작했다. 혓바닥으로 가슴을 핥으면서 입술로 다가갔다.

"키스를 할 때는…"

민교는 창우의 입술을 핥았다가 다시 입술을 떼어냈다.

"입술과 입술을 핥았다가 좀 더 깊이 들어가는 거야. 이렇게."

민교의 혀가 나와서 창우의 입술을 열도록 만들었다. 그리고는 입술 속으로 혀를 밀어 넣었다. 창우는 자연히 민교의 혀를 받아들였다.

"그래 그렇게 빨아 봐 내가 남자라고 생각해도 좋고, 오빠가 여자라고 생각해도 좋아. 혀를 그런 식으로 핥는 거니까."

"아, 알았어."

"어때? 기분 좋지?"

"응. 이렇게 핥는다는 거지?"

"서로 혀를 빨아들이듯이 애무를 해 주는 거야."

민교는 디이프한 키스를 창우에게 상세히 알려주었다. 자신의 혀로 창우의 혀를 감쌀 듯이 해서 입 속으로 빨아 들이기도 했다.

"그리고 나서, 이번엔 여자의 귓밥을 애무하는 거야. 이렇게…"

민교는 이번엔 창우의 귓바퀴를 핥으면서 점점 귓속으로 혀끝을 밀어 넣었다.

"…"

창우는 짜릿해졌다. 민교의 혀끝이 귓속을 핥을 때는 진저리를 칠 듯한 쾌감이 온몸을 휩쌌다.

민교는 다시 귓바퀴를 핥았다가 귀 뒤쪽을 핥기 시작했다. 머리 부분과 귀 사이를 핥으면서 점점 목덜미께로 내려오면서 핥았다. 그리곤 목덜미로 내려왔다.

그녀는 잠시 입을 떼고선,

"여자도 이런 느낌이 아주 좋아. 오빠가 이렇게 해주면 여자는 쉽게 흥분되는 거야. 어때? 기분이 좋아?"

"응. 너무너무 잘하는데?"

사실 창우는 처음 느껴보는 황홀한 애무였다. 그녀와 같이 사랑을 나눌 때에도 이런 애무는 해 보지 못했다.

"오빠는 여자를 몰라서 그래. 아직 나이도 어리고. 난 나이가 어리지만 경험이 많으니까 많이 아는 거고."

민교는 다시 창우의 옆구리를 핥으면서 내려갔다.

"옆구리는 간지럼을 타는 곳이라서 아주 예민한 곳이야 오빠는 아직 이런 걸 모르기 때문에 여자의 그곳부터 애무하려고 하지만 그런 건 안 좋아. 그냥 내려가면서 애인의 허벅지부터 애무해.”

민교는 다시 시범을 보이듯이 창우의 허벅지를 애무하기 시작했다.

“이렇게 내려가서 발까지 내려가는 거야. 발가락까지 핥아주면 여자는 아주 좋아해. 이렇게. 봐.”

민교는 창우의 발가락까지 하나하나 입 속에 집어넣고서 혀끝으로 문질러주었다.

민교의 그런 가르침은 성의 교과서보다도 더 정확했다.

민교는 다시 위로 올라와서 그제야 남자의 성기를 입에 집어넣었다. 창우의 뿌리는 오래 전에 서 있었다.

“이제 됐어. 애무는 다 끝난 거야. 이 정도만 해주면 애인은 미칠 것 같을 거야.”

“맞아. 그럴 거야”

창우는 기분이 좋았다.

“이제부터 오빠가 해 볼래? 내가 위에서 할까?”

“네가 해 봐. 하면서 잘 가르쳐 줘 봐.”

“으응. 그럼 내가 하면서 잘 가르쳐줄게. 잘 봐.”

민교는 창우보다 나이가 아래였지만 이때만큼은 가르치는 쪽이었다.

그녀는 창우의 몸 위로 올라가서 다리를 벌렸다. 그리고는 가볍게 엉덩이를 내렸다. 그리고 몸을 결합시킨 상태에서 그녀는 다시 설명하기 시작했다.

"오빠 만약 오빠가 위에서 이렇게 한다면 아주 천천히 하는 거야 여자는 빨리 해달라고 할지 모르지만, 오빠는 서두르면 안 돼. 그냥 천천히 삽입하고 나서 처음부터 깊게 찔러 넣지 마. 그냥 입구만 걸치고 있어도 되는 거야."

"음. 알았어."

민교는 입구에 걸친 채로 조금씩만 움직였다.

"남자들은 대개 빠르더라. 오빠도 그렇지?"

"응 하하. 그거야 할 수 없는 거 아니냐?"

"그래도 남자는 너무 빠르면 안 돼. 그냥 이렇게 천천히 움직이면서 자신감을 갖는 거야."

"흠…."

창우는 그녀가 하는 것을 기억시키고 있었다.

"이런 상태에서는 앞뒤로 움직이는 거야. 그러면 앞뒤로 움직이게 되는 거지. 그러면 여자는 앞뒤로 자극을 받는 거고."

"…."

"그리고 이렇게 옆으로 움직이면 여자도 옆으로 자극을 받게 돼."

"…."

민교는 더욱 자세한 것까지 실제로 설명을 해 보이고 있었다.

그녀의 자세한 설명을 들으면서 창우는 자신감을 가질 수 있었다.

여자로부터 그런 설명을 직접 듣는다는 것은 정말 대단한 체험이럴 수 있었다.

그녀의 성 체험은 창우에게 많은 도움을 주었다. 민교가 힘들어 할 때쯤, 창우는 그녀를 침대에 눕게 했다.

"이제 내가 할게."

"응. 그래. 나 힘들어."

자세를 바꾼 그들은 창우의 정상위로 다시 섹스가 시작 되었다.

창우는 곧 사정하기 시작했다.

** * 인연

"늦었네?"

형민이 차문을 열고 올라탄 민교에게 물어왔다.

"응. 어서 가."

차는 곧 출발을 했다. 종혁은 아직까지도 곤한 잠에 빠져 있었다.

"오빠가 오늘 왜 저렇게 오래 자지?"

"피곤한 거야 근데 왜 늦었냐?"

"응. 나하고 비슷한 남자였어. 애인이 있다는 남자앤데, 너무 모르는 것 같아서 내가 갈쳐 주고 왔지롱."

"뭐? 네가 뭘 가르쳐 줘?"

형민이 운전을 하면서 뒤로 고개를 돌렸다.

"그냥. 뭐 이런 거 저런 거 갈쳐 줬지. 무슨 남자가 모르는 게 그렇게 많은지 모르겠어."

민교가 웃자,

"그렇게 못해?"

형민이 다시 물었다.

"응. 아주 쑥맥이야 얼굴은 반반해 가지고. 또 애인이 있대."

"애인이 있으면 그런 거 못 하나?"

"호호. 오빠도 애인이 있으면 미안하잖아? 오빠는 그렇게 생각 안 해?"

"야 남자는 다 그래. 그게 뭐 어떠냐?"

"하긴 뭐 그런 것 갖고 따질 수는 없으니까. 여자가 모르니까."

"얼굴이 잘 생겼던가 보지?"

"응. 괜찮았어 . 나도 그런 남자 하나 있었으면 좋겠드라."

"야 넌 그런 생각하지 말고 돈이나 열심히 벌어. 나중에 돈 많이 벌면 그때 가서 애인 하나 만들어도 돼."

"그때까지 돈만 벌면? 나중에 늙어서 애인 만들라고?"

민교는 형민이 던진 농담을 농담으로 들으면서도 꼬박 꼬박 대구를 했다.

"그렇게까지 나중에 만들라는 말이 아니고. 지금은 그냥 이런 일만 신경 쓰라는 얘기야."

"응 알았어."

민교는 뒤로 머리를 기댔다. 약간 피곤한 듯하면서도 아까 만났던 창우의 얼굴이 자꾸만 뇌리에 스쳐왔다.

눈을 감은 채로 창우의 몸을 떠올리고 있었다.

"야 일어나."

형민이 종혁을 흔들어 깨웠다. 그제야 종혁은 부스스 눈을 떴다.

"무슨 잠을 그렇게 자냐? 이제 일어나서 네가 일해. 나도 한 숨 자자."

"으응. 어디 가는 거야?"

종혁은 방금 잠에서 깨어났으므로 뒷자리에 머리를 기댄 채로 눈을 감고 있는 민교를 보고는 모텔로 가는 중이라고 생각하고 있었다.

"하하. 일 마치고 집으로 가는 거다. 이젠 네가 핸들 잡아."

"알았어. 차를 길가로 붙여."

형민은 차를 길가로 세우고선 차에서 내렸다. 종혁도 조수석 문을 열고 나와서 운전석으로 걸어갔다.

종혁이 차를 운전하기 시작했다.

"난 이제부터 잘 테니까 알아서 해 빈센트에서 두 명 보내 달라고 연락 왔으니까 네가 알아서 전화해라."

"알았어. 푹 자."

종혁은 집으로 전화해서 두 명만 밖으로 나와 있으라고 하고선 급가속을 하기 시작했다.

"형 뭐 좀 먹을래?"

"난 됐어. 니가 먹고 와."

형민은 잠이 막 들려다가 종혁이 깨우는 바람에 잠을 깨었으므로 귀찮다는 듯이 조금은 신경질적인 어조로 사양을 했다.

　형민은 지금 먹는 것보다도 잠깐이라도 눈을 붙이는 것이 더 급했다.

"그럼 푹 자. 내가 민교 태워다주고 일을 할게."

"그래. 수고해라."

　형민은 다시 깊은 잠 속으로 빠져들었다.

　그 동안 참았던 졸음이 한꺼번에 밀려왔다. 민교 역시 뒷자리에서 깊은 잠에 빠져 있었다.

"민교야. 다 왔다. 일어나."

　종혁이 깊이 잠든 민교를 깨워서 내리게 하고는 미리 나와서 기다리고 있던 차희와 동옥을 차에 태웠다.

"오빠, 어디로 가?"

　차희가 물어왔다.

"응 빈센트로 가. 잠은 좀 잤냐?"

"자기는… 고스톱 치다가 영화 봤어. 오빠는 못 잤겠네?"

"형이 지금까지 운전하고 이때까지 난 잤어. 민교도 피곤한가 보더라. 차에서 계속 잤어."

"피곤했나 보네. 민교도 오늘 많이 뛰었잖아."

"넌 안 피곤하냐?"

"피곤하긴 아직은 괜찮아."

"그래 피곤하면 피곤하다고 말해 다른 애들을 뛰게 할 테니까."

"아냐 됐어. 괜찮아"

종혁은 운전만 해 주는 자신도 피곤한데 직접 몸으로 뛰는 여자애들은 자신보다 더 피곤할 거라고 생각했다.

"저녁은 먹었냐?"

"응. 시켜서 먹었어 좀 전에 밤참도 먹었을 걸"

"그래 이런 일하려면 잘 먹어야 돼 안 그러면 피곤해서 일 못해."

"응. 오빠 고마워."

종혁은 빈센트 모텔 근처에 가서 찻길 가에다 차를 세웠다. 차희와 동옥이 차에서 내려 모텔로 들어가고 난 뒤에 그는 차에서 내렸다. 바깥바람이라도 씌어야 맑은 정신이 들 것만 같았다.

담배를 꺼내 불을 붙이고는 폐부 깊숙이 새벽 공기를 들이마셨다.

담배를 다 피우고 나자 갑자기 출출해졌다. 종혁은 길가에 있는 식당으로 들어가서 밤참거리를 주문했다.

한편 모텔로 들어간 차희와 동옥은 서로 다른 방으로 들어갔다.

차희는 방 앞에서 노크를 하고는 남자가 들어오라는 말을 들고 방으로 들어갔다.

"어서 와."

"네. 안녕하세요."

차희는 술이 약간 취한 남자손님에게 고개를 까딱해 보였다. 그리고는 돌아서서 옷을 벗기 시작했다.

"난 아직 샤워 안 했어. 그냥 이리로 와 봐."

"왜요? 샤워부터 하시고 있지 그랬어요?"

"하하. 기다리느라 그냥 있었지. 이리로 와 봐."

대개 남자들은 아가씨가 오기 전에 샤워부터 하고서 기다리는 것이었으나 이 남자는 술을 마신 탓인지 그대로 침대 위에 누워 있었던 듯했다.

침대 옆으로 다가간 차희는 남자의 옆에 앉았다.

남자의 손이 다가왔다.

대개 남자들은 알몸인 상태의 아가씨의 살을 만져보기를 좋아했다. 이 남자 역시 그랬다. 차희의 알몸을 유심히 살피면서 손으로 만져보고 싶어하는 듯했다.

"너무 늦으면 안 돼요. 차가 밖에서 기다리거든요."

차희는 손님에게 미리 그런 말을 해 둬야만 남자가 마냥 길게 시간을 끄려는 생각을 하지 못하리라 생각했다. 그러나 이미 술이 취한 남자에게는 그런 말도 소용이 없었다.

"어허. 너무 그렇게 서두르지 마라. 내가 돈주고 하는데 그러면 되나."

“…”

차희는 더 이상 재촉하는 말을 했다가는 술 취한 손님과 싸울지도 모른다는 생각 때문에 입을 다물어 버렸다.

40대 초반의 남자는 차희의 알몸을 즐기려는 듯했다.

그녀를 옆으로 끌어당겨 오무려진 다리 사이로 손을 집어넣었다.

“…”

차희는 잠자코 있었다. 대개 손님들은 그런 식으로 나왔기 때문에 그만한 일을 갖고서 괜한 투정거리를 만들고 싶지는 않았다.

“술 많이 하셨네요?”

차희는 그런 식으로 남자의 심중을 살피는 말을 던졌다.

“그래. 오늘 애인하고 한바탕 했지. 한바탕 싸우고 나서 술 한 잔 했지.”

“어머 , 그래요? 그럼 안 됐다아.”

차희는 측은한 듯이 남자를 쳐다보았다.

“여자들은 다 그래. 돈 있고 그럴 때는 찰싹 달라붙었다가 요즘처럼 경기가 망가져서 조금 어려워지면 언제 그랬느냐는 듯이 쌀쌀맞게 나오는 거지. 씨발년이 말이야.”

남자는 술김에 헤어진 애인에 대해 불만을 털어놓고 있었다.

“…”

차희는 그런 남자가 주물럭거린다고 해서 성질을 부릴 수가 없었다.

그 남자는 차희에게 화풀이라도 하듯이 구석구석을 주무르고 있었다. 사타구니를 주무르다가 허벅지를 만져보다가, 젖가슴을 어루만지면서 입을 갖다대서는 핥기 시작했다.

"어서 씻으세요. 그래야 저도 씻잖아요."

"응. 조금만 애무 좀 하자. 시간이 많이 가면 팁을 더 주면 되잖아? 안 그래."

손님이 그런 식으로 나오면 차희는 할말이 없었다. 이왕 5만원이라는 돈을 받기 위해 모텔 방으로 들어온 이상, 필요 이상으로 까탈스럽게 굴 필요까진 없었다.

그녀는 일단 남자의 성적인 기분을 맞춰주고 나서 남자가 성욕을 해소할 때까지 누워 있기만 하면 되는 것이었다. 남자가 무리하게 딴 체위를 요구하거나, 여자가 위로 올라가서 하라고 해도 웬만하면 남자를 위해서 참아주는 것도 괜찮은 일이라고 생각했다.

오죽하면 남자가 성욕을 해소시킬 만한 여자가 없어 5만원이라는 돈을 주고서 모텔까지 왔겠느냐고 생각하면 참아줄 만했다. 그런 남자들이 있기 때문에 돈이 필요한 자신들이 존재하는 이유라고 생각하고 있었다.

간혹, 멀쩡한 가정을 두고 있는 남자가 젊은 아가씨와 즐기기 위해서 오는 경우도 있었고, 애인이 따로 있으면서도 애인과 하지 못하는 부분의 성욕을 채우기 위해서 모텔로 찾아오는 남자도 있었다.

요즘 세상이 그런 식이니 세상에는 별의별 남자들도 다 있을 것이다.

보도방의 일을 뛰는 그녀들로서는 온갖 남자들을 다 겪으면서 그때 그때마다 처신을 하는 수밖에 없었다.

자기 생각만으로 손님을 대했다간 맨날 싸움을 할 수밖에 없었다.

돈을 벌기 위해 이쪽 보도방으로 뛰어든 이상, 자존심이나 알량한 양심을 다 챙길 수는 없는 일이었다.

"애인을 왜 그렇게 했어요? 그냥 좋게좋게 해서 사이좋게 데리고 있으면 좋을 텐데…."

차희는 애인과 싸우고 나서 헤어진 남자에게 위로하는 말을 건넸다.

"여자는 안 돼. 그저 몽둥이나 잘 휘두르거나, 돈을 많이 퍽퍽 쥐어주면 좋아할지 모르지만 내가 돈이 없다싶으면 떨어질 궁리나 하는 년한테 내가 매달릴 필요는 없는 거지. 안 그러냐?"

남자는 차라리 나이 들어서 몸이 푹 퍼진 애인보다도 차라리 돈을 주고 살망정 차희와 같이 싱싱한 애가 옆에 있다는 것으로 만족하는 듯했다.

"그래도 그렇잖아요. 애인하고 하면 돈도 안 들고… 마음대로 언제든지 할 수 있잖아요.”

“하하. 애인이라고 해서 다 그런가? 그 년은 말이야. 내가 할 때마다 돈을 집어줘야 다음에 서비스가 틀려. 돈을 안 주면 괜히 짜증을 부리거나 하면서 퇴짜를 놓거든. 난 그런 년이 싫어.”

“왜 퇴짜를 놓아요? 서로 좋아하면서?”

“처음엔 그랬지. 여자는 다 그래. 처음엔 부드럽게 나오다가 남자가 싫증나면 그때부터 헤어질 궁리를 하는 거지. 그 년한테 딴 놈이 생겼는지 모르겠지만, 그런 푹 퍼진 몸뚱이를 갖고 딴 놈한테 가 봐야 별 볼일이 있겠어? 그 놈 역시 나처럼 나중엔 꿀물을 다 빼먹고 나서 발로 차고 말겠지.”

남자는 애인이라는 여자에 대해서 아직도 작은 원망이 그대로 남아 있었다.

“후후. 아저씨는 지금 그 여자가 아직도 마음에 남아 있는 것 같은데요?”

“내가? 하하. 그런 년은 필요 없어. 돈만 생각하는 년하고 오래 사귀어 봐야 남자만 피곤하지. 그런 년은 딴 놈을 사귀더라도 금방 싫증을 낼 년이야.”

“….”

차희는 남자가 괜히 시간을 끌려고 하는 것처럼 자신을 마구 주무르고 있는 그가 싫었다.

어서 빨리 일어나서 샤워를 하고 남자가 사정하면 그 방을 빠져나갔으면 싶었다.

"그 여자를 어떻게 만났는지 알고 싶지?"

남자는 또 시간을 끌기 위해 말을 끄집어내곤 했다.

"어떻게 만났는데요?"

남자는 차희의 젖가슴을 손바닥으로 주무르면서 아래쪽을 내려다보고 있었다. 무릎을 딱 붙인 차희의 허벅지 사이엔 검은 거웃만이 보일 뿐이었다.

"술집에서 만났어. 친구하고 같이 술을 마시다가 옆자리에서 친구들이랑 술을 마시고 있던 그 여자를 만났지. 처음엔 아주 순수한 듯해 보이길래 한 번 꼬셔보고 싶다는 생각이 들 정도였어."

"네."

"우리가 합석하면 어떻겠느냐고 슬쩍 말을 던졌더니, 그 여자들도 좋다고 순순히 응해 오더라고. 우리가 마음에 들었는지 모르지만 말이야. 우리 같은 사람들이야 그렇게 만나는 거 아니겠어? 서로 마음이 있으면 그런 식으로 말을 던지고, 말을 받아주면 친해지게 되는 거지."

"여자가 이뻐요? 아저씨하고 나이가 비슷하겠네요?"

"응, 나보다 두 살 아래야 얼굴은 괜찮았어. 몸이야 뭐 40대니까 너처럼 이렇지는 않지만. 그런 대로 괜찮다 싶어서 사귀었는데 말이야."

"그 여자 분하고 사이가 좋았겠어요?"

차희는 은근히 성적인 쪽으로 관심이 갔다. 40대의 남녀란 성적으로 어떻게 하는가가 궁금했다.

"어떤 거? 그거 하는 거?"

남자는 차희가 질문하는 뜻을 금방 알아차린 듯했다.

"네. 호호. 나이 든 분들은 그거 어떻게 해요?"

"하하. 그거야 다 똑같지 머. 뭐 틀리는 게 있나."

"그래도요. 아저씨는 어떤가 싶어서요."

"나? 나이가 있으니까 젊은애들보다는 오래 하지. 너도 그런 건 알잖아? 그런 거 몰라?"

"난요, 아저씨들도 빨리 끝나는 사람이 있는가 하면, 되게 늦게 끝나는 남자도 있거든요. 그래서 잘 몰라요. 남자들이 왜 그런지 모르지요 머."

"하하. 그래. 나 같으면 한 20분 정도는 해. 내 또래가 되면 그 정도는 될 걸?"

남자도 자신의 경우만을 알고 있을 뿐, 다른 남자들에 대해서는 모르는 부분이 많았다.

"그건 다 달라요. 겉은 멀쩡하게 생겼어도 막상 해 보면 전혀 틀리는 경우가 많아요."

"그래?"

남자는 차희의 젖가슴을 훑으려고 얼굴을 내리려다가 다시 얼굴을 쳐들었다.

"네. 남자마다 다 틀려요. 그게 참 이상하다고 생각됐거든요. 아저씨는 20분 정도 한다면 굉장히 오래하는 거예요.”

“하하. 그거 모르자 그 여자하고는 그렇게 했지만, 너 같으면 또 어떻게 될지 모르지 머.”

“그건 맞아요. 해 보지 않으면 다 모르는 거 같아요.”

그 말을 하면서 차희는 남자가 어느 정도 흥분이 됐을 거라고 생각하고서 남자의 아랫도리를 어루만졌다.

“이제 씻고 나오세요. 시간이 너무 지났거든요.”

“그럴까? 그러지.”

남자는 마지못해 일어나서 욕실로 들어갔다. 남자가 샤워를 하는지 물소리가 들려나왔다.

차희는 얼른 담배를 꺼내 불을 붙였다.

40대의 남자라면 결코 쉽게 끝나지는 않을 듯했다. 그런 각오를 하면서 남자가 나오기 전에 얼른 담배라도 한 대 피워 두는 것이 나을 거라고 생각했다.

남자가 밖으로 나오고 나서 그녀는 욕실로 들어가서 씻었다. 여자야 아래쪽만 씻으면 그만이었다. 하루에 여러 차례 옷을 벗어야 하는 그녀로서는 몸 전체를 샤워할 필요는 없었다.

그녀가 밖으로 나오자 그는 벌거벗은 채로 침대에 누워 있었다.

그녀가 침대 위로 올라가자 그는 기다렸다는 듯이 그녀를 끌어안았다.

"우리 오늘만 애인처럼 하면 안 되나?"

그는 애인이라는 말을 해왔다. 차희는 나이가 든 남자에게서 애인이라는 말을 듣는다는 것이 싫었다.

"그냥… 이거 하는 거지요 머."

"왜? 애인이라는 말이 싫어서?"

"그냥 해요."

남자란 누구든지 간에 일단 품에 안긴 여자를 보고서 일찍 끝내려고 하지 않았다. 가능하면 더 오래 시간을 끌면서 여자에게서 모든 것을 빼앗아내고 싶은 것인지도 몰랐다.

"하하. 왜? 내가 나이가 들어서 싫다는 건가?"

"그건 아니에요. 이런 곳에서 애인이라는 말을 들으면 기분이 이상해서요."

"그건 아니겠지. 돈주고 하는 거라서 그런 거겠지."

"…."

차희는 남자가 얼른 삽입해 오기를 기다렸지만 남자는 혼자 즐기려는 듯했다. 그녀의 젖가슴을 애무하고는 곧바로 아래쪽을 애무하려고 했다.

차희는 자신의 계곡을 핥아대는 남자의 혀가 싫었다. 같은 값이면 여자에게서 버림받지 않은 남자가 그렇다면 또 모르겠지만 조금 전에 한 여자에게서 헤어지자는 말을 들은 남자로부터 그런 애무를 받는 것이 영 찜찜했다.

그 남자는 나이가 든 남자라고 하지 않을까 봐 여자의 세밀

한 부분까지 다 핥을 듯이 찐득하게 나왔다.

"다리 좀 더 벌려보면 안 돼?"

그런 식이었다. 돈을 주고 하는 것이니 최대한 본전을 뽑겠다는 생각이었다.

"빨리 해요. 너무 늦으면 오빠가 달려온단 말이에요. 오빠 오면 나 큰일나요."

차희는 오빠를 핑계로 내세워 얼른 일을 마치고 싶었다.

"그래. 너무 재촉하지 마라. 남자를 그렇게 재촉하면 그게 서겠냐 내가 알아서 할 테니까 그냥 내가 말하는 대로 해 주기만 하면 좋잖아."

남자는 기어코 차희의 다리를 벌리고선 그 밑으로 얼굴을 들이밀었다.

남자의 혓바닥은 마치 도룡뇽의 혓바닥 같았다. 계곡 주위를 살살이 핥아댔다. 계곡 속으로 혀를 밀어 넣어 이리 저리 헤집어댔다.

"아…."

남자에겐 그런 식으로 거짓 신음소리를 토해내는 것이 성감을 자극하는 한 방법이었다.

차희는 일부러 그런 신음소리를 토해내기 시작했다.

"나, 오늘 여자하고 헤어지고 오는 길이야. 그 년보다는 차라리 네가 백 번 나아. 오늘 나한테 잘 해 주면 좋잖아."

남자가 요구하는 것은 오늘 이 시간만큼은 최고로 행복한 시간이 되고 싶다는 욕구일 뿐이었다.

"젊은 오빠."

"응."

"그럼 나한테 팁 좀 더 주면 안 돼? 그럼 시간을 많이 줄 께."

차희는 이왕에 버린 시간이라고 생각했다. 그럴 바엔 차라리 남자한테서 팁이라도 더 받았으면 싶었다.

"그래그래. 알았어. 얼마 더 줄까?"

"알아서 주면 좋지."

"알았어. 난 오늘 기분이 엉망이야 돈 더 주는 게 뭐가 대수야? 안 그래?"

남자는 이제 더욱 기세 등등하게 나왔다.

40대의 남자란 정말 어려운 존재였다. 이미 성에 대해 알 만큼 경험이 많은 남자여서 그런지 차희가 곤죽이 될 만큼 애무에만 오랜 시간의 뜸을 들였다.

여자의 모든 것을 샅샅이 들여다보면서 깡그리 다 외어버릴 것처럼 찐득이었다.

"오빠, 그만해. 나 힘들어. 그만하면 안 돼?"

"그래. 알았어."

남자는 대답을 하고서도 약속을 지키지 않았다. 막무가내였다. 자기가 하고 싶은 대로 다 하고서야 직성이 풀릴 것만 같았다."

차희는 오늘 잘못 걸렸다는 생각이 들었다. 대개 나이가 많이 든 남자들을 만나게 되면 젊은 20대나 30대보다도 몇 배나 더 시간을 끌곤 했다.

왜 그렇게도 남자들은 치사하고 아니꼽게 굴까.

돈 때문이 아니라면 당장이라도 자리를 박차고 일어나서 옷을 입고 나가버릴 수도 있었지만 차희는 꾹 참고 있었다.

한참동안을 애무만 하던 그 남자는 차희의 계곡을 다 외어버린 듯이 만족한 표정을 짓고선 침대에 드러누웠다.

"이제 네가 해 봐. 난 누워 있을게."

남자가 그렇게 나왔을 때는 차희도 머리꼭지가 돌 것만 같았다. 말하자면 남자는 실컷 애무를 했다가 쾌감이 고조된 상태에서 잠시 뜸을 들이기 위해 차희더러 다시 애무를 해달라는 요구였다.

"그냥 하면 안 돼요?"

"그럼 너무 쉽게 끝나잖아. 팁 준다잖아."

"…"

차희는 할 수 없었다. 그대로 일어나서 옷을 입어버릴까 하다가 꾹 참을 수밖에 없었다.

이번엔 차희가 남자를 애무하기 시작했다.

남자를 최대한 빨리 흥분시키기 위해선 차희로서는 신경을 쓰지 않으면 안 되었다. 남자를 빨리 흥분시키는 건 어려운 일은 아니었지만 그만한 일을 하려면 차희로서는 힘이 들었다.

이미 남자의 성기는 금방이라도 삽입할 수 있도록 충분히 서 있었다.

그런데도 남자는 뜸을 들이는 중이었다.

아랫도리와 가슴을 애무한 차희는 더 이상 애무할 곳이 없었다.

"이제 해도 돼요?"

"응. 됐어."

그제야 남자는 위로 올라와도 좋다는 말을 했다.

차희는 애무를 하느라 지친 몸으로 남자 위로 올라갔다.

이제부터는 차희의 능력에 달린 것이다. 차희는 잠시도 쉬지 않고 남자를 공격해 들어갔다. 남자가 속도를 늦추라는 듯이 차희 엉덩이를 붙잡았지만 차희는 동작을 멈추지 않았다.

일단 시작한 몸동작은 남자가 사정할 때까지 계속적으로 움직였다.

40대의 남자는 의외로 빨리 끝나버렸다. 너무 오래도록 애무를 했던 탓일까. 남자는 차희의 무지막지한 공격을 받고서 힘없이 무너져버린 것이다.

아까 남자가 했던, 오래 한다는 허풍은 금세 박살이 나고 말았다.

차희는 쿡, 웃음이 터져 나올 것만 같았다.

"야, 너무 빨리 해버렸잖아. 그렇게 빨리 하면 내가 사정

안 하고 배기겠냐?"

"난 아저씨가 너무 좋아하는 줄로 알고 그랬지요. 왜요? 아깐 오래 한다고 그랬잖아요?"

"그래도 그렇지. 그렇게 팍팍 해버리면 어떡해? 남자가 뭐 다 변강쇠가?"

남자는 일찍 사정한 것이 억울한 듯했다.

"아까 너무 많이 애무를 해서 일찍 끝나버린 거예요 머. 그니까 아까 대충 애무하고서 했으면 오래 했잖아요."

"그런가…"

그제야 남자는 자기의 실수를 인정하는 것이었다.

차희는 속으로 고소해 했다. 그동안 실컷 애무만 했다가 막상 섹스에서는 맥없이 풀썩 싸버린 남자를 보며 입가에 웃음이 터질 것만 같았다.

"저, 너무 늦었어요. 샤워하고 나올게요."

차희는 얼른 일어나서 욕실로 들어갔다. 간단히 아래쪽만 샤워를 하고는 방으로 들어왔다.

남자는 미리 옷을 입고는 지갑을 꺼내고 있었다.

"오늘 수고했어. 자, 이건 팁."

남자는 수고비로 3만 원을 내밀었다.

"고마워요. 다음에 또 부르세요. 그때는 잘 해드릴게요."

차희는 돈을 받고서 인사를 하고는 얼른 그 방을 빠져나 왔다.

종혁이 앉아 있는 차로 걸어가면서 차희는 핸드백을 내려서 뒷좌석의 차안으로 집어던졌다.

"에이, 씨팔."

차희의 입에서 먼저 그 소리가 튀어나왔다.

"왜? 싸웠냐?"

종혁이 피우던 담배를 길가로 휙 집어던지면서 뒤를 돌아보았다.

"오빠 빨리 가. 그 새끼가 실컷 주물러놔서 그래."

"동옥이는 오늘 왜 이렇게 늦냐. 너도 늦고."

"동옥이도 안 왔어?"

차희는 그제야 동옥이 생각이 났다.

"아직 안 왔지. 두 탕 뛰나…"

종혁은 손목시계를 들여다보았다. 모텔로 들어간지 거의 한 시간이 다 되어가고 있었다.

"오빠."

"응?"

"오늘 나도 힘들었어. 남자 새끼가 40대 중반인데, 별의별 짓을 다 하잖아."

"하하. 그랬어?"

"난 나이 많은 놈 보면 겁나."

"왜?"

종혁도 차희의 말뜻을 알고 있으면서 그런 말을 했다.

"나이가 많으면 그거 많이 해 봐서 능구렁이잖아."

"그래."

"실컷 애무해 놓고서 다시 나보고 애무해 달라는 거야. 그리고 나서 나중에 다시 나보고 위 로 올라와서 해 달라는 거야"

"팁은 받았나?"

"응. 당근. 그거야 주지. 그거 안 주면 내가 골비었다고 그러겠어?"

"많이 힘들었구나."

종혁은 차희가 성이 났을 때는 다독거려 주어야 한다는 것을 알고 있었다. 몸으로 뛰는 애들인지라 가끔 치근덕거리는 손님을 만나 힘들었을 때는 보도방인 자신이 위로해 주는 수밖에 없었다.

"역시 나이 든 남자들은 상대하기 힘들어. 사정하는 것도 느리고 애무해 달라는 것도 많고."

"젊은애들하고 같냐"

"그래. 그래도 그렇지. 실컷 주물탕 놓고서도 미안한 기색도 없어. 팁만 주면 될 거 아니냐는 식이야."

"하하. 원래 그렇지 머. 그 놈 술 마셨지?"

"응."

차희는 자신의 고충을 다 들어주는 종혁 오빠가 든든했다.

"남자는 술 마시면 그래. 사정이 느려지는 거야"

"아냐 술을 마시긴 했는데 빨랐어."

"빨랐어? 근데 왜 늦었어?"

종혁이 다시 뒤를 돌아보았다.

"말했잖아. 자꾸 치근덕거리면서 애무만 실컷 했다고. 막상 그거 할 때는 우습게 끝나 버렸어."

"40대인데도? 40대 중반이야?"

"응. 근데도 너무 빠르더라. 하기는 뭐 그만큼 실컷 애무만 해댔으니 오래 할 수가 없었겠지 머."

"뭐 하는 남자 같았는데?"

"그건 몰라. 오늘밤에 애인이랑 헤어졌대. 그래서 화가 나서 나를 불렀다고 그러더라."

"애인? 그 남자가 애인이 있었다는 거야?"

"응. 같은 나이의 40대라고 그랬어. 술집에서 만났는 데, 그 여자가 돈을 밝혔나 봐 그래서 헤어진 거고. 그 남자는 전에는 잘 나가다가 요즘 IMF 때문에 힘들어지니까 그 여자가 헤어지자고 그랬는가 봐. 그래서 나보고 뭐랬는 줄 알아?"

"뭐라고 그랬는데?"

"푹 퍼진 40대 여자보다 차라리 나를 돈주고 사는 게 백 번 낫다고 그러잖아."

"하하. 40대하고 너하고 어떻게 같냐."

"그러게 말이야. 남자는 다 그런가 봐. 횟김에 오입을 하고 싶은가 보지 머. 돈주고 사면 이쁘고 잘 빠진 애들이 오는데

40대 여자하고 비교하면 되나 말이야."

차희는 웃음이 나왔다.

"남자는 그렇겠지. 여자가 헤어지자고 그러면 홧김에 오입을 하고 싶어지는 거지. 그래서 여자를 부르는 거고. 너 같은 애를 안아보면 40대 여자의 푹 퍼진 꼴이 생각이나 나겠냐 앤이야 아무 때나 만나고 싶을 때에 만나지만, 너 같은 애들이야 돈주고 사지 않으면 못 만나는 거지. 40대 중반이라면 어떻게 해서 너 같은 애를 만나겠냐. 혹시 회사 사장쯤 되면 경리 아가씨나 데리고 놀면 모를까. 하하. 요즘 40대 남자 놈들이 잘 그러지. 자기 회사 경리 아가씨 하나 데리고 노는 건 식은 죽 먹기라고."

"오빠도. 그거야 뭐 사장하고 경리 아가씨니까 그런 일이 일어나는 거지 아무 때나 그런 일이 일어나나."

"하하. 요즘 남자들 영계라면 사족을 못 써요. 영계를 데리고 다녀야 폼을 잡는다고 그러지 아마. 하하. 영계 밑구멍으로 돈이나 쑤셔 박으면서 말이야."

종혁이 빈정거렸다.

"내가 경리라도 그러겠다. 돈주고 옷 사주면 몸 하나 못 줄 거 뭐있어? 그냥 같이 노는 거지 머."

"하하. 너도 그럴 거라고?"

"이왕이면 돈 많은 남자면 뭐 어때? 난 몸이나 던져주고, 그 놈은 돈이나 던져주면 되는 거지 뭐 그래. 요즘 여자애들

다 그래 채팅에서 돈 많은 남자라면 나이 안 가리고 만난다고 그러잖아. 얼굴보고 잡아먹나? 돈 보고 잡아 먹지."

차희가 깔깔거리며 웃어댔다.

"야야, 아무리 돈이라고 해도 그렇지. 나이 좆나게 많은 놈하고 뭐하냐? 그런 놈들이야 잠깐 즐기는 것으로 그쳐야지. 그런 놈들이 주는 돈 보고 있다가 나이 들면 다 꽝이야. 나중에 나이 들면 뭐하고 살래?"

종혁이 말하는 건 여자는 나이가 어릴수록 꽃처럼 대우 받지만 나이가 들면 남자들도 거들떠보지도 않는다는 말이었다.

"돈 벌어놓고 혼자 사는 거지 머. 뭐 남자가 있어야 꼭 사나? 나 혼자 즐기면서 사는 거지."

"그래. 일찍 돈이나 벌어서 나중에 그렇게 사는게 좋지. 돈 없어 봐라. 나중에 나이는 들고나서, 몸은 망가지고, 돈이 없으면 아무것도 할 수 없는 거야. 너처럼 싱싱할 때에 좆나게 돈이나 벌어놓는 게 좋지."

"그래서 오늘 그 남자한테 실컷 빨아주고 나서 팁 받은 거잖아~ 호호."

그러면서 차희는 핸드백을 열어서 오늘 번 돈을 끄집어 내기 위해 손을 집어넣었다.

"어?"

차희는 놀랐다.

"왜?" 종혁이 뒤를 돌아보았다.

"어? 돈이 없어. 이것밖에 없네?"

"뭐가? 돈이 없어?"

"응. 아까 받은 5만원하고 팁으로 받은 3만원밖에 없어. 어디 갔지?"

차희는 팁으로 받은 3만원과 모텔에서 준 돈으로 8만원밖에 없었다. 그 전에 갖고 있었던 40여 만원의 돈은 흔적이 없었다.

"오빠 돈이 없어졌어!"

"왜? 그럼 그 놈이 핸드백을 털어 간 거야?"

"그런 거 같아! 빨리!"

차희는 울상이 된 얼굴로 종혁을 쳐다보았다.

종혁의 표정이 일그러졌다.

"그 새끼가 내 핸드백에서 돈을 빼간 거 같아. 오빠. 빨리. 그 놈이 모텔에서 나오기 전에 잡아야 돼."

"알았어! 그 놈 벌써 튀었을지도 몰라."

종혁이 괘씸하다는 듯이 어금니를 꽉 물었다.

"오빠 나 오늘 번 거 다 날렸어. 아까 내가 샤워를 하러 들어갔을 때에 그 놈이 핸드백을 턴 거 같아. 이거 어쩌지? 미치겠어! 돌아버리겠어!"

차희는 억울했다. 그런 놈에게 핸드백을 털릴 줄은 꿈에도 생각지 못한 일이었다. 더구나 40대 중반의 남자라서 방심했던 자신이 더욱 미워졌다.

"거 봐라. 그런 건 조심해야지 남자 새끼란 믿을 것이 못 돼. 빨리 들어가 봐."

종혁은 차희가 모델로 들어가는 것을 보고선 곧 뒤따라 안으로 들어갔다.

차희는 카운터로 달려갔다.

"아저씨. 207호실 손님 나갔어요?"

차희가 헐레벌떡 뛰어들어와 물었다.

"왜? 아까 돈 줬잖아? 응. 좀 전에 나갔어."

"나갔어요?"

차희는 그 말을 하면서 맥이 탁 풀어졌다.

"응. 나갔지. 왜?"

카운터의 주인은 이상한 눈으로 차희를 쳐다보았다.

"언제쯤 나갔어요?"

이번엔 종혁이 물었다.

"아, 아가씨가 나가고 나서 곧바로 뒤따라 나왔는데. 둘이 같이 나온 거 아냐?"

주인은 무슨 일이 있었느냐는 듯이 물었다.

"네. 알았어요."

차희는 돌아서서 그곳을 나왔다.

"오빠. 그 놈 잡을 수 없어?"

"네가 나올 때 같이 나왔다면 벌써 튀었겠지. 어딜 가서 붙잡아?"

"그래도. 성질이 나서 죽겠어. 오늘 하루 번 돈 다 들어 있어. 그 놈이 어디 걸어다니고 있을지도 모르잖아. 찻길로 한번 나가 봐."

그들은 차로 돌아와서 찻길을 따라 천천히 달리기 시작했다. 혹시라도 그 놈이 찻길 인도 쪽을 걸어가고 있을지도 모르는 일이었다.

"그 놈이 이런 길을 걸어갈 턱이 없지."

"그럼? 어디로 갈 거 같애?"

차희는 꼭 그 놈을 잡아서 하루 번 돈을 되찾고 싶었다.

"글쎄 골목길로 해서 튀었겠지. 이런 찻길로는 갈 리가 없지"

"그럼 골목길로 가 봐. 그 놈을 꼭 잡고 싶어."

차희는 거의 울상이 되어 있었다. 화난 얼굴이 마치 배신을 당한 기분이었다.

"그래. 알았어."

종혁은 차를 틀어서 골목길로 접어들었다. 모텔에서 나와 갈만한 골목길을 더듬으며 천천히 달렸다.

그 놈은 보이지 않았다. 모텔에까지 다시 갔다가 반대편 골목길을 달리기 시작했다.

"형."

곤히 잠들어 있는 형민을 흔들어 깨웠다.

"응….."

형민이 어렵사리 눈을 떴다.

"형 차희가 돈 털렸어. 일어나 봐. 그 놈을 찾고 있어."

종혁의 설명에 형민은 번쩍 눈을 떴다. 그리고는 벌떡 일어나 뒷자리에 앉아 있는 차희를 돌아보았다.

"오빠 난 이런 일 처음이야 그 놈 좀 잡아 줘."

차희의 목소리는 거의 울상이었다.

"그래? 어디로 갔데?"

그제야 형민은 잠이 싹 달아나는 듯했다.

"몰라. 모텔에서 튀었는데. 골목길로 튀었을까 봐 찾아 보는 중이야."

"흐음. 차희, 너 핸드백에서 꺼내 갔냐?"

"응."

차희가 울먹이며 고개를 끄덕거렸다.

"야, 차 좀 빨리 몰아 봐 그렇게 몰다간 그 놈이 벌써 달아났겠다. 차희는 핸드폰 해서 동옥이 보고는 택시 타고 돌아가라고 하고."

"알았어."

종혁은 형민의 재촉에 차를 세게 몰았다. 골목길이지만 인적이 없어서 차를 세게 몰아도 되었다.

골목이 끝나는 부분에서 찻길과 연결이 되었다.

"저쪽으로 그냥 가 봐."

형민이 앞쪽을 가리켰다.

차는 찻길을 따라 재빠르게 달려나갔다. 새벽이라 차들도 별로 없었다. 인도엔 가끔 사람들이 걸어가는 모습들이 보였다.

"넌 찻길 쪽을 잘 살펴. 그런 놈은 상습적으로 그런 일을 하는 놈이니까 잡아 족쳐야 돼."

"응….."

차희는 유리창 밖으로 시선을 고정시키고 있었다. 인도엔 가끔 한 사람씩 걸어가는 모습이 눈에 뜨일 뿐이었다.

"오빠! 차 세워!"

차희가 소리쳤다.

"저거야? 저 놈?"

"응. 맞아! 맞는 거 같아!"

차희는 차가 인도 쪽에 서기가 바쁘게 차 문을 열고 밖으로 나갔다. 차는 곧 정지했고, 형민이 먼저 차에서 튕겨져 나갔다.

차희는 아까 만난 그 남자임을 확인하고는 남자의 멱살부터 잡았다.

"너, 아까 그 놈이지?"

"어? 왜 그래? 돈 줬잖아?"

40대의 남자는 놀라는 기색이 역력했다. 방심하고 걷다가 불쑥 나타난 차희를 보고는 안색이 변하고 있었다.

"그래! 맞아! 오빠. 이 인간 맞아!"

차희의 말에 종혁과 형민은 그의 앞을 가로막았다.

"이 놈 맞냐?"

"응. 맞아!"

"너, 나하고 말 좀 하자."

종혁이 먼저 그 남자의 앞으로 나섰다.

"왜 이래? 내가 뭘 어쨌다고 그래?"

남자는 무슨 일이냐는 듯이 나왔다. 그러나 당황하는 기색은 역력했다.

"너, 차 좀 타 봐. 우리하고 이야기할 게 있으니까."

"내가 왜 차를 타? 왜들 이래?"

40대의 남자는 홱 틀어서 도망치기 시작했다. 그러나 그 남자는 얼마 가지 못해서 종혁의 팔에 나꿔채졌다.

"너, 이리와. 좋게 말할 때에 들어."

종혁은 남자의 뒷덜미를 잡고는 차의 뒷좌석으로 밀어 넣었다. 그 옆으로 형민이 올라탔고, 차희도 뒷좌석으로 올라탔다.

차는 곧 사람들의 시선을 피해 달리기 시작했다.

새벽 시간이라서인지 그들이 다투는 동안에도 눈여겨보는 사람들도 없었다. 잠깐 인도에서 다툰 것밖에는 아무 일도 없는 듯했다.

살인

인적이 드문 곳에서 차를 세웠다.

형민은 놈의 옷자락을 잡고 있었다. 만에 하나 차가 달리는 동안에 차 문을 열고 밖으로 튕겨져 나가버릴까 싶어 옷자락을 잡고 있었다.

"너, 솔직하게 나와. 돈 내놔."

형민이 으름장을 놓았다.

"무슨 돈? 난 돈 같은 거 몰라. 왜 나한테 이러는 거야? 너희들 뭐야? 깡패들이야?"

40대의 남자는 생사람 잡는다는 듯이 나왔다.

"너, 속차리고 빨리 불래, 맛 좀 보고 나서 불래? 솔직하게 나오지 그래."

종혁이 앞자리에서 내려 뒷자리의 유리창문을 내리고선 남자의 멱살을 붙잡았다.

"어어? 너희들 뭐야? 경찰서 가고 싶어?"

"이 짜식이! 너 맛 좀 볼래?"

종혁이 남자의 가슴에 주먹을 날려버렸다.

퍽.

남자는 뒷자리에 그대로 쓰러졌다. 그러나 남자는 곧 일어나 종혁의 멱살을 붙잡고 늘어졌다. 술 취한 사람의 주정이랄까. 막무가내로 나왔다.

"어허, 이 짜식이 정말!"

종혁은 다시 남자의 가슴팍에다 주먹을 날리려다가 형민의 눈빛 제지를 받고선 주먹을 멈췄다.

형민은 일이 크게 번지게 되어 아가씨를 모텔에 대주는 보도방들이라는 것을 알게 되면 더욱 날뛸 것을 우려해 종혁의 주먹질을 제지한 것이었다. 만약 그렇게 되면 엉뚱하게 일이 번질지도 모르는 일이었다.

감방을 살아본 종혁으로선 형민의 그런 눈짓을 모를리 없었다.

"야, 너는 여기서 그냥 택시 타고 들어가."

"응."

차희는 종혁의 말을 듣고선 순순히 차에서 내렸다. 뒷일은 오빠들이 다 처리할 것이었다.

종혁은 자신의 멱살을 잡고서 놓아주지 않고 있는 40대 남자의 손목을 비틀었지만 술 취한 남자의 손아귀는 풀어 질 줄을 몰랐다.

너 죽고 나죽자는 식으로 나왔다.

"형. 이거 어떻게 해?"

종혁이 화가 나서 형민을 쳐다보았다. 생각같아서는 남자의 면상을 한 방 질러버리고도 싶었지만 형민의 생각을 묻는 것이 나을 것 같아서였다.

"일단 놔줘라."

형민의 무거운 목소리였다.

"형. 이거 어떻게 하지?"

종혁은 남자의 멱살을 놓아주고 화가 난 듯이 말했다.

"됐어. 너, 돈 내놓는 게 낫지. 내놔."

형민의 남자의 코앞에 손바닥을 내밀었다. 돈을 내놓으라는 뜻이었다.

"없어. 내가 뭘 어쨌다고 그래? 내가 신고해 버릴까? 그럼 너희들은 어떻게 되는지 알지?"

남자는 도리어 큰소리를 쳤다.

"어떻게 되는데? 좀 가르쳐 줘 봐라."

형민은 애써 화를 참으면서 물었다.

"어떻게 되긴 니들이 여자애들을 모텔에 데려다주는 거 아니냐? 어때? 안 그래?"

40대의 남자는 이미 다 알고 있다는 듯이 나왔다.

"종혁아."

형민이 나지막이 불렀다.

"네, 형님."

"내가 알아서 처리할 테니까 넌 그냥 빠져라."

"내가요?"

"그래. 이 놈은 그냥 내놓을 놈이 아니다. 넌 빠져라."

종혁과 형민이 그런 말을 주고받고 있는 동안에 남자는 담배를 꺼내 불을 붙이고 있었다. 남자의 표정은 이미 너희들의 약점을 알고 있다는 투였다.

형민은 눈짓으로 종혁에게 물러나라고 종용하는 듯했다.

종혁은 그 뜻이 무엇이라는 것을 알아차렸다. 그러나 형에게 모든 일을 맡기고서 뒤로 빠질 수는 없는 노릇이었다.

"순순히 말할 때에 내놓고 가는 게 좋아."

형민이 마지막으로 남자에게 말했다.

"하하. 내가 뭘 내놓아야 된다는 거지? 내가 뭘 잘못했나?"

남자는 계속 그런 식으로 나왔다.

"형님. 내가 처리하지요. 뒤로 물러나십시오."

종혁이 그 말을 하자,

"흥, 둘이 뭐 하는 거야? 나를 이렇게 해 놓은 것만 해도 너희들은 콩밥먹게 돼 있어. 알았나?"

40대의 남자는 말이 통하지 않았다.

형민은 할 수 없다는 듯이 종혁에게 운전대를 잡으라고 눈짓을 하고선 40대의 남자를 재빨리 뒷좌석으로 밀어넣고 올라탔다.

종혁이 핸들을 잡고서 차를 몰기 시작했다.

"어? 어디로 가는 거야? 못 서!"

40대의 남자가 소리쳤지만 종혁은 코방귀도 뀌지 않았다. 남자가 발악을 하면 형민이 옆에서 남자의 가슴에 주먹을 내질렀다.

억.

남자의 입에서 비명이 새어나왔다. 급소를 맞은 듯했다. 그러나 다시 몸부림을 치면서 차 문을 열려고 애를 썼다.

"놔! 노란 말이야! 이 새끼들아!"

짙은 선팅이 돼 있는 뒷좌석이라 안에서 발버둥을 친다고 해도 밖에서는 보이지 않았다.

종혁은 급히 차를 몰아 남부순환도로를 따라 달리다가 시흥 쪽으로 달리고 있었다.

시흥에서 안양 쪽으로 달렸다.

남자는 계속 차에서 내려달라고 발버둥을 쳤다.

그럴 때마다 형민은 남자의 가슴에 주먹을 질렀다.

팍 남자는 다시 쓰러졌고, 잠시 잠잠했다가 다시 일어나 앉았다.

"조용히 해라. 지금이라도 돈 내놓고 꺼져. 어때?"

형민이 남자의 코피 터진 턱을 세웠다.

"너희들 좋아! 나를 이렇게 해 놓고 견딜 줄 알아? 왜? 내가 돈을 어쨌다고?"

"그럼? 니가 핸드백에서 돈을 안 꺼내갔냐?"

"니가 봤어? 봤어?"

40대의 남자는 계속해서 덤비고 있었다.

다시 형민의 주먹이 날았다. 남자는 코피를 쏟으며 의자 위로 넘어졌다. 이번엔 한참동안 일어나지 않았다.

"형."

종혁이 사거리에서 좌회전해서 삼막사로 들어서면서 뒤를 돌아보았다.

"괜찮아. 그냥 가."

"괜찮아?"

종혁은 불안했다. 형민의 주먹에 맞은 40대의 남자는 그대로 쓰러져 있었다.

"빨리 가."

"…?"

종혁은 급가속을 했다. 차는 삼막사로 들어가는 입구로 접어들고 있었다.

"여기서 세워."

"…?"

종혁은 차를 세우고는 얼른 뒷자리의 문을 열었다.

"이 새끼들아! 니들 죽을래?"

언제 일어났는지 40대 남자의 발악이 다시 시작되었다.

캄캄한 삼막사 입구에서 그들은 40대의 남자를 끌어냈다.

남자는 맥없이 끌려나왔다. 종혁은 남자의 멱살을 잡아 고개를 쳐들게 했다.

"너! 마지막으로 돈 내놔!"

종혁이 다그쳤다.

"야, 이 새끼들아! 나를 여기까지 끌고 왔어? 어쩔 테야? 나 죽이려고?"

남자의 목소리는 캄캄한 산 속에 울려 퍼졌다.

"종혁아."

형민이 불렀다.

"형."

"잡고 있어."

"응."

종혁의 대답이 끝나기도 전에 형민의 발길이 날아가서 남자의 가슴에 가서 박혔다. 마치 종이 박스에 구둣발이 날아가서 박히는 듯했다.

종혁이 남자의 등짝을 꽉 껴안은 채로 양팔을 뒤로 젖힌 채로 있다가 형민의 발길질에 남자는 그대로 풀썩 쓰러져 내렸다.

땅바닥에 쓰러져 내린 남자는 꼼짝도 하지 않았다.

"트렁크에서 칼하고 삽 꺼내와."

"형 ! 어쩌려고?"

"시키는 대로 해!"

그 말에 종혁은 차의 트렁크로 다가갔다. 긴 일본도와 군용 야전삽을 꺼내들었다.

형민이 일본도를 받아들고는 쓰윽 칼을 빼냈다. 종혁이 말릴 틈도 없이 그는 일본도를 들어 남자의 복부를 내리쳤다.

칼날에 남자의 배가 갈라지는 모습을 본 종혁의 입이 벌어졌다.

"형!"

"조용히 해! 이런 놈은 그냥 두면 안 돼."

"…!"

종혁은 눈앞에서 벌어진 일에 대해서 벌어진 입이 다물어지지 않았다.

형민에게 그러한 단호함이 있었을 줄은 꿈에도 몰랐던 것이다. 이미 사내는 검붉은 피를 토해내고 있었다.

"시간 없어! 어서 치워!"

형민의 목소리는 차가웠다. 전혀 들어보지 못한 날카로운 말이었다.

종혁은 떨리는 가슴을 억누르면서 혹시라도 남자가 살아서 일어나지 않을까 하고 몸뚱이를 젖혔다. 남자의 피묻은 몸뚱이는 소리 없이 옆으로 굴렀다.

종혁은 덜컥 가슴이 내려앉았다.

더 이상 지체할 수가 없었다.

형민이 옆에서 담배를 꺼내 피우고 있는 동안. 종혁은 재빨리 남자를 포대에 담아 산 쪽으로 옮기기 시작했다.

남자의 몸이 무거웠지만 형민에게 도와달라는 소리는 입 밖에 내지를 못했다.

형민은 종혁이 혼자서 남자의 시체가 담긴 포대를 지고 산으로 올라가는 것을 지켜보면서 혹시라도 경찰차가 순찰을 돌지 않을까 살피고 있었다.

종혁은 무거운 남자의 시체가 담긴 포대를 내려놓고선 땅을 파기 시작했다. 등산로가 아닌 숲 속으로 들어가 땅을 팠다.

사람 한 명이 들어갈 만한 구덩이를 판 그는 포대를 들어 땅 속에 처박았다.

그리곤 재빨리 파낸 흙을 덮기 시작했다.

그 시간은 불과 30분도 채 걸리지 않았다.

종혁의 이마엔 굵은 땀방울이 흘러내리고 있었다.

처음과 같이 흙을 다 덮은 종혁은 낙엽을 긁어모아 원래 대로 덮고선 라이터 불을 켜서 확인까지 마쳤다.

자신의 발자국이 남아 있을 것을 염려해서 발자국까지 지우면서 산을 내려갔다.

"형 어쩌려고 그랬어?"

종혁의 목소리는 아직도 떨려나왔다.

"됐어! 이거나 지워."

형민이 구둣발로 가리킨 곳은 남자가 쓰러졌던 곳의 핏자

국이었다.

종혁은 야전삽으로 겉흙을 긁어 계곡 아래로 던졌다.

그 위에다가 새로운 흙을 퍼와서 덮고선 단단히 밟아주었다. 종혁은 다시 차에 올라타고는 차를 빼서 남자가 쓰러져 있던 곳을 여러 차례 왔다갔다. 하면서 덮어놓은 흙을 밟아주었다.

차에서 내린 종혁은 헤드라이트로 땅 위를 살펴보았다.

차바퀴 자국만 어지러이 남아 있었다.

"형. 됐어. 가."

"…."

형민이 조수석에 타자마자 그는 차를 운전하기 시작했다. 마치 뒤에서 누군가 뒤쫓아 달려올 것만 같았다. 핸들을 잡은 그의 손바닥에서 굵은 땀방울이 배어나는 듯했다.

"종혁아."

"응. 형!"

"오늘 일은 없었던 걸로 하자."

"알았어."

"차희한테는 자연스럽게 처리한 걸로 하고."

"알았어."

"모텔에도 마찬가지야."

"응. 알았어."

"…."

형민은 피곤한지 눈을 감은 채로 뒤로 머리를 기댔다. 눈을 감은 채로 깊은 생각에 잠긴 듯했다.

"너."

형민이 눈을 감은 채로 말을 꺼냈다.

"...?"

종혁은 형민의 옆얼굴을 쳐다보았다.

"여자가 몸을 판 돈을 훔쳐 가는 놈을 그냥 두면 안 돼."

"...."

"돈이 문제가 아니지."

"...."

"확실하게 해두는 게 좋은 거니까."

형민은 지금 확실하게 해둔다는 뜻이 무얼까. 돈을 훔쳐 간 놈을 확실하게 죽인다는 뜻인지, 아니면 돈을 훔쳐간 놈은 그냥 그대로 두어서는 안 된다는 말인지 구분이 가지 않았다.

"난 지금까지 사람을 여러 명 죽였어. 이때까지 한 번도 들킨 적 없어."

"?"

종혁은 자신도 모르게 입을 벌렸다. 형민을 쳐다봤지만 그는 그대로였다. 눈을 감은 채로 입만 움직일 뿐이었다.

"이런 것까지 하지 않고서는 할 수 없어. 난 벌써 이런 일이 있을 거라고 짐작했으니까."

"형..."

"내가 말해주지 않았지. 여자만 데려다주고 나면 그걸로 끝일 거라고 생각하겠지만…"

"형…"

"난 이런 일이 있을 거라고 말하고 싶지는 않았지. 이렇게 되기를 바라지 않았으니까."

"….."

"네가 확실하게 했으면 절대 들키지 않아. 그 놈은 이미 술이 취해서 길바닥에서 차 사고로 죽었을 수도 있으니까."

"형. 그래도…"

"내가 봤잖아. 아무런 일 없을 거야. 넌 완벽하게 처리를 했어. 산속에 묻어 놓은 그 놈이 드러난다 해도 우리가 한 거라고 알아채지는 못할 거니까."

"응…"

종혁의 손바닥은 다시 땀으로 흥건해지고 있었다.

"만에 하나, 네가 땅을 파면서, 그놈을 묻으면서 네가 어떤 물건들을 흘리지만 않았다면 완전히 다 묻혀 버리는 거야"

"아, 형 혹시 모르니까 다시 한 번 가보는 게 어때?"

종혁은 덜컥 겁이 났다.

"그럴까? 그럼 그쪽으로 다시 가 봐. 날이 밝기 전에 마지막으로."

"형. 가도 괜찮을까? 겁이 나는데"

"짜식. 그러니까 무슨 일을 하던지 뒤처리를 잘해야 하는 거야 다음부턴 절대로 두 번 다시 현장에 가보는 일은 없어야 돼."

종혁은 중앙선을 홱 돌아 오던 길을 달리기 시작했다.

"형은 안 무서워? 난 이런 일은 처음이야"

"…."

형민은 의자 뒤로 머리를 기댄 채로 눈을 감고 있었다.

"?"

"종혁아."

형민이 눈을 감고서 입을 열었다.

"응?"

"현장에 다시 가는 건 아주 위험한 일이야 앞으로는 절대로 가면 안 돼."

"응. 알았어."

종혁은 핸들을 잡은 손바닥에 힘을 주었다. 핸들을 잡은 손에 진땀이 묻어 나왔다.

"그건 내가 범인이오 하고 자백하는 거니까."

"응, 알았어. 다음부터는 절대 그런 일 없을 거야"

종혁이 다짐을 했다.

"그럼 됐어! 오늘은 아직 새벽이니까 한 번은 용서해 주지."

"…."

종혁의 차는 삼막사로 들어가는 길로 접어들었다. 헤드라이트 불빛에 드러난 산길은 적막하기 그지없었다. 차들의 왕래도 없는 외딴 길이었다.

"좀 으스스해."

길옆으로 흐르는 계곡이 라이트 불빛에 드러났다. 왠지 모르게 공동묘지로 올라가는 기분이었다.

아까 그 장소로 가서 차를 세운 종혁은 차 문을 열고 밖으로 나갔다.

"형. 갔다 올께. 여기 있어."

종혁은 그렇게 말하고는 잽싸게 산 속으로 올라갔다.

그 놈을 파묻느라 서성거렸던 장소엔 낙엽들이 어지러이 흩어져 있었다. 종혁은 라이터 불을 켜서 주위를 살피면서 자신의 흔적이 남아 있나 살펴보았다.

그는 두 번, 세 번 주변을 살펴보고는 찻길로 내려왔다. 차가 서 있는 주변의 흙을 살펴보고서야 비로소 안심이 되었다.

"형, 됐어!"

종혁은 그제야 차의 라이트를 켰다. 차는 어둠 속을 뚫으며 쏜살같이 달려 나갔다.

"종혁아."

"응. 형!"

"오늘은 그냥 푹 자. 네가 입고 있던 옷들은 다 태워 버려 구두까지도. 알겠냐!"

"응."

"그리고 트렁크의 칼은 휘발유를 뿌려서 태워. 칼에 묻은 사람의 피는 불에 태워서 없애 버려야 돼. 나중에 혹시 일이 잘못 되더라도 혈흔 반응이 나오지 않도록."

"응, 알았어"

"그리고 차희는 당분간 그 모텔에 집어넣지 마라. 딴 데로 돌려."

"응."

종혁은 집 근처로 가서 공터에다 차를 세웠다. 차에서 내린 그는 형민에게 먼저 들어가라고 하고선 차바퀴를 살피기 시작했다. 혹시라도 차바퀴에 피가묻어 있지 않을까 꼼꼼히 살펴보았다.

그리고 나서 뒤 트렁크에서 일본도를 꺼내 차의 주유구에서 빼낸 휘발유를 뿌리고선 칼날을 태워버렸다. 칼날에 묻은 혈흔을 완벽하게 지우기 위해서였다.

인적이 드문 시간에 그는 완벽하게 뒤처리를 하고선 집으로 들어갔다.

여자애들은 이미 일이 끝난 시간이라 깊이 잠들어 있었고, 형민도 안방으로 들어가 자고 있었다.

옷장에서 옷을 꺼내 갈아입고는 입었던 옷과 구두를 벗어 다시 밖으로 나왔다. 그는 차의 시동을 걸어 그곳을 빠져나왔다. 남부순환도로를 달려 사당동에서 과천 쪽으로 달렸다.

안양으로 달리다가 한적한 산길로 접어들어 그는 갖고온

옷과 구두에 휘발유를 뿌려 불질러 버렸다.

이제 모든 것은 다 끝난 셈이었다.

그는 담배를 피우며 서 있었다.

'형이 그런 면이 있는 줄은 몰랐어.'

그는 담배를 피우던 손끝이 떨리는 것을 느꼈다. 알 수 없는 공포감이 서서히 전율로 바뀌어가고 있었다.

'사람을 죽이는 일이 그렇게 쉬운 것인가.'

'그 놈은 왜 죽을 짓을 했지.'

종혁은 해답이 없는 물음을 자꾸 되풀이하면서 연거푸 담배를 피워대고 있었다.

집으로 돌아온 그는 잠을 잘 수가 없었다.

옆에는 형민이 곤하게 잠들어 있었다. 형민의 잠든 얼굴을 볼 때마다 무서운 생각이 들었다.

'돈과 주먹, 그리고 여자애들…'

자신은 과연 어느 것을 선택하고 있는가. 앞으로 어떠한 일들이 일어날것 인가. 그런 질문에 그는 잠을 뒤척이다가 겨우 잠이 들었다.

새로운 날들

"오빠. 밥 먹어."

차희가 안방으로 들어와서 깨웠다.

잠에서 깨어난 종혁의 옆자리에 형민의 모습이 보이지 않았다.

"샤워하고 있어. 빨리 일어나. 지금 시간이 몇 신데."

종혁은 아직도 머리가 무거웠다.

"오빠 어제 그 사람 잘 해결했어?"

"그래. 돈 받아왔어. 겁쟁이더구만"

"그래? 잘 됐네 머. 그런 놈이 왜 그렇게 나왔어. 나도 미치겠드라."

"…."

종혁은 간밤에 술을 마시고 잔 것처럼 머리를 흔들었다. 아직도 머리가 띵했다.

"오빠. 어제 술 마셨어?"

"그래. 형하고 같이 한 잔 하고 잤지."

"홋, 둘이서 한 잔 했구나?"

"알았어. 세수하고 나갈게."

차희가 먼저 나가고 나서 그대로 앉아 있었다.

어젯밤의 일들은 마치 악몽 같았다. 그런데도 형민은 벌써 일어나 태연하게 샤워를 하고 있다니.

종혁은 잠자리에서 일어나 욕실로 들어갔다. 형민이 샤워를 하고 있었다.

"형 잘 잤어?"

"그래. 너도 샤워할래?"

"그러지 머."

종혁은 곧 옷을 벗어 던지고는 형민의 옆으로 다가갔다. 형민의 몸에서 비눗물이 튀었다. 샤워 꼭지를 받아 몸을 적시고는 비누칠을 하기 시작했다.

"형."

"….."

형민이 돌아보기만 했다.

"앞으로도 꼭 그렇게 해야만 돼?"

종혁이 툭 던진 말이었다.

"….."

형민은 말이 없었다. 샤워 꼭지를 들고서 비눗물을 씻어 내기만 하고 있었다.

"꼭 그렇게 안 하고 하면 좋겠어."

"…."

형민이 옆을 돌아보는 순간, 종혁은 숨이 컥, 막혀왔다. 형민의 전혀 다른 얼굴이 거기 있었다.

"혀영, 왜 그래?"

종혁은 갑자기 다른 사람을 보는 듯했다.

"이젠 일절 그런 말 꺼내지 마."

형민의 목소리는 마치 벽 속에서 기어 나오는 소리 같았다. 차갑고 냉정한 목소리였다. 살인을 저지른 사람의 살기 어린 목소리처럼.

"…."

종혁은 얼른 고개를 돌리고는 샤워하는 데만 정신을 쏟았다.

샤워를 마칠 때까지 형민은 아무 말도 하지 않았다.

욕실에서 먼저 나간 그는 여자애들이 차려놓은 밥상 앞에 앉아 있었다. 식사를 하는 동안에도 차희가 어젯밤에 일어난 일들에 대해 이야기를 하고 있었지만 형민은 묵묵히 식사만 하고 있을 뿐이었다.

차희는 어젯밤에 일어난 일들에 대해 아무것도 모르고 있었다. 오빠들이 잘 처리해서 돈을 받아왔다는 것만 다른 애들한테 떠들고 있었다.

"…."

종혁은 어젯밤 사건에 대해 일절 입을 다물고 있었다.

"오빠 그 놈이 순순히 돈을 내놓데? 오빠들이 둘이니까 나중엔 겁을 내겠지? 그지?"

차희는 그런 오빠들을 보도방으로 둔 것에 대해 든든하게 생각하고 있었다.

"…."

종혁은 대답을 하지 않은 채, 그저 씨익 웃어주고만 말았다. 묵묵히 밥만 먹고 있는 형민의 얼굴을 쳐다보는 것 조차도 무서웠다.

"그 놈이 오빠들을 몰라보고 대들잖아. 그래서 오빠들이 나보고 먼저 들어가라고 그랬거든. 오빠들이 어떤 사람인지 모르고."

차희는 계속해서 어젯밤의 사건에 대해서 떠들었다.

"니들도 핸드백 조심해. 하루 벌어서 모아 놓은 돈을 몽땅 뒤져서 가져가 버리는 놈도 있어."

"언니는 그거 몰랐어? 그런 놈이라는 걸?"

미애가 수저를 움직이면서 물었다.

"그걸 어떻게 아니. 그 놈이 처음엔 여자하고 싸우고 나서 헤어졌다고 하면서, 그래서 오늘밤엔 여자를 사서 화풀이하고 싶다고, 나보고 푹 퍼진 자기 애인보다 더 나을 거라고 말하길래, 나도 그 말을 그대로 믿었지. 그런 남자라면 그럴 수도 있을 거라고. 그 인간이 나한테 별의별 짓을 다했어."

"어떻게? 빨아달라고?"

이번엔 진희가 키들거리며 물었다.

"그거야 기본 아니겠니? 그렇게 해주고 나서 난 힘이 빠져 있는데, 그 놈이 위로 올라오라는 거야 난 위로 올라가서 또 열심히 해 주느라 김을 뺐지. 근데 막상 해 보니까 빨리 싸긴 하더라. 하기는 뭐, 애무만 실컷 했으니 오래 할 리가 없지."

"그럼 두 탕이야?"

다시 미애가 물었다.

"두 탕은… 한 탕으로 끝냈지만 두 탕이나 마찬가지야. 애무하는데 얼마나 질질 끌었던지… 처음엔 여자한테 채이고 나서 화풀이하러 온 남자라고 생각해서 고분고분하게 들어줬더니 이건 끝이 없는 거야. 해 달라는 대로 해줬더니 내가 나중에 김이 빠지는 거야"

"그래? 그럼 찐득이구만."

이번엔 희주가 한 마디 거들었다. 그 말에 다들 웃었다.

종혁은 묵묵히 식사를 하면서 형민의 무표정한 얼굴만 쳐다보고 있었다.

"응 니들도 그런 거 봤니? 남자가 이렇게 해 달라 저렇게 해 달라하고 조르잖아. 그러면 안해 줄 수도 없고. 안 해 주면 딴 여자 데려다 달라고 그러고. 그래서 마지못해서 해 주면 또 딴 거 해 달라고 그러고. 실컷 그렇게 해 주면 나중에는 위로 올라와서 해 달라고 그러는 거지. 우리야 한 두 명도 아니고, 하루에 여러 명 상대하는 건데 그렇게 하다간 몸이 안 남아나지. 그런 인간들하고 싸우고 싶지 않아서 고분고분 들어주기는 하는데, 너무 한다 싶으면 성질이 팍팍 나는 거지. 근데 어젯밤 그 놈은 나이도 40대 중반은 넘은 것 같은데, 내 핸드백에서 하루 번 돈을 털어서 날라 버린 거야. 나중에 차에 와서 한참 뒤에서야 알았지 머. 오빠들하고 차를 몰고 골목을 다 뒤졌어. 못 잡으면 그대로 끝인데 말이야. 다행이 길을 걸어가는 그 놈을 만났지 뭐니. 그래서 오빠들이 내려서 잡았다는 거 아냐. 아마 그 놈은 오빠들한테 뒈지게 맞았을 거야. 그지? 오빠."

차희는 그러면서 종혁을 쳐다보았다.

"야 그냥 밥이나 먹자. 기분 나쁜 이야기는 하지말고."

종혁은 어떻게든 어젯밤의 일에 대해선 더 이상 이야기 하고 싶지 않았다.

"왜? 뭐가 기분 나빠. 그런 놈은 잡아서 혼쭐을 내 줘야 돼."

차희는 기분이 좋은 듯이 말을 받았다.

"너도 그런 거 조심해. 그런 놈들이 괜히 경찰서에 가자고 떼를 쓰면 우리도 곤란한 거야. 모텔에서 돈 받고 그런 일을 하는데 우리도 뭐 잘한 거는 없지.

"…."

"아, 그건 그래. 아, 알았어."

"차희, 넌 앞으로 빈센트엔 가지 마라. 딴 데로 돌릴 테니까. 그 모텔에선 아무튼 사고가 났으니까 네가 안 가는 게 좋아."

"그러지 머 나도 그런 기분 나쁜 모텔엔 안 가는 게 좋아."

"…."

종혁은 입을 다물었다. 형민이 숟가락을 놓고 일어섰다.

"형. 어디 가?"

"응. 오늘은 네가 좀 뛰어. 난 머리 좀 식히고 올 테니까."

"그래. 형 알았어"

형민은 안방으로 들어 갔다가 옷을 갈아입고는 밖으로 나가버렸다.

"오빠."

차희가 불렀다.

"응."

"형민이 오빠가 기분이 안 좋은 거 같애?"

"그렇겠지 머. 어젯밤에 그 놈이 마구 대드니까 성질이 났지. 너, 앞으로 그런 일 만들지 마라 괜히 그런 일이 생기면 골치만 아퍼."

"응, 알았어. 미안해. 오빠."

차희도 그런 일을 저지른 것에 대해 일단은 미안하다는 생각이 들었다. 보도방 그 자체가 불법인 일이기 때문에 자신들로 인해서 오빠들이 신경을 쓰도록 한 것이 미안할 뿐이었다.

자기 때문에 괜히 주먹을 휘둘렀다가 감방에 들어가는 일이 일어날 수도 있었기 때문이었다.

여자와 주먹 세계란 불가분의 관계랄 수 있었다.

여자 뒤에는 항상 주먹이 존재하고 있었다. 여자와 술 집, 여자와 보도방의 관계 그들 세계는 악어와 악어새의 관계였다.

주먹의 도움을 받는 쪽과, 여자들을 지켜주는 대가로 주먹들은 이권을 가질 수가 있었다.

만일 한 여자의 일로 인해서 보도방이 구속이라도 된다면 보도방이 없는 그 조직은 곧 와해되기가 쉬웠다. 그래서 여자들은 특별한 경우가 아니면 보도방이 구속되는 일은 극구 피해야만 했다.

그런 점에서 차희는 종혁과 형민에게 마음의 빚을 진 것이나 다름없었다.

점심 식사를 하고 난 뒤부터 모텔로부터 연락이 오기 시작했다. 종혁은 여자애들을 태워 가까운 곳부터 차례로 떨어뜨리고 나서 맨 마지막으로 들른 모텔에서 다시 돌아와서 처음에 여자애를 내려준 모텔 근처에서 기다렸다.

여자 네 명을 차례로 떨어뜨린 종혁은 담배를 피우며 기다리고 있었다.

어젯밤의 일을 도저히 잊을 수가 없었다.

만약 앞으로도 그런 일이 생긴다면 어떻게 할 것인가. 술 취한 남자 손님 때문에 여자애들이 봉변을 당한다면 앞으로 어떻게 할 것인가 생각하지 않을 수 없었다. 그때마다 어젯밤 식으로 일을 처리할 수는 없는 일이었다.

'골치 아프군.'

그는 담배연기를 동그랗게 말아 공중으로 띄워 올렸다.

차안에 앉아 있기가 답답해졌다. 밖으로 나온 그는 담배를 구둣발로 비벼 꺼버리고는 운동을 하기 시작했다. 차의 뒤 트렁크를 손으로 짚고서 팔굽혀펴기를 하다가 인도 쪽에서 쪼그려 뛰기를 하기도 했다.

감방 안에서 자주 해 봤던 운동이었기 때문에 그는 짬이 날 때마다 무료함을 달래기 위해 그런 운동을 하곤 했다.

한편, 남자의 30대 초반의 모텔로 들어간 운향은 샤워를 하고 나왔다.

곁으로 다가간 운향은 벌거벗은 채로 누워 있는 남자의 아랫도리를 보고 깜짝 놀랐다.

"왜 이래요?"

운향은 남자의 성기에 여러 개의 금구슬이 주렁주렁 매달려 있는 것을 보았다.

"으응, 어때? 괜찮아?"

남자는 자신감 있는 목소리로 말을 했다.

"이거 뭐예요?"

"금이지. 금 몰라?"

"정말 금이에요?"

운향은 남자의 성기 표피에 여자 귀걸이처럼 동굴동굴 하게 매달려 있는 구슬을 만져보았다.

여러 개의 구슬이 귀걸이처럼 달려 있었다.

신기하기도 했다.

"그럼! 이런 거 처음 보나?"

"네. 이걸로 하면 안 아파요?"

"누가? 네가?"

"네."

"여자한테는 쥐여 주는 거지. 아프기는."

남자는 득의 만만하게 웃었다.

"이거 어디서 했어요? 감방?"

"감방에서 이런 걸 할 수 있나? 거긴 이런 거 할 수 없지."

"그럼 어디서 해요? 병원에서?"

"병원에서도 이런 걸 안 해 주지. 내가 한 거야 어때? 신기하지?"

"네. 이런 걸 어떻게 했어요?"

운향은 남자의 성기 표피에 주렁주렁 매달려 있는 작은 금 구슬들을 만지작거렸다. 구슬은 마치 고양이 목에 매달아 놓은 방울처럼 이리저리 움직였다.

"다 하는 수가 있지. 어때? 기분이 좋을 거 같지 않나?"

"아직 모르죠. 이거 하면 아플 거 같은데."

"안 그래. 지금 애무해 봐."

"네…"

운향은 남자의 성기에 금구슬이 잔뜩 매달려 있는 모습은 처음이었다.

손으로 만지면 구슬이 다닥다닥 느껴졌다.

그녀는 입 속에 넣고서 혀끝으로 핥아보았다.

남자의 손이 운향의 엉덩이 쪽을 더듬고 있었다.

애무가 끝난 다음에 운향은 남자의 위로 올라갔다. 조심스럽게 엉덩이를 내린 운향은 자신의 질 속에 남자의 뿌리를 집어넣었다.

"어때? 기분이."

"…?"

운향은 약간 이상한 듯한 감촉을 느꼈다. 남자의 뻣뻣한 성기의 느낌 외에 금 구슬의 딱딱한 느낌이 질 벽에 와 닿는 것 같았다.

"움직여보면 더 좋을 걸?"

"…."

운향은 엉덩이를 움직여 삽입과 빼냄을 반복해 보았다. 무언가 질벽을 긁는 듯한 색다른 느낌이 다가왔다.

"이거 어떻게 했어요?"

운향이 물었다.

"내가 직접 했지. 감방 안에서는 대개 살 속에 다마를 집어넣지만, 난 살 속에 집어넣지 않고 바깥에다 껍질을 뚫어서 금 구슬을 달아놓은 거지."

"그럼 감방에 갔다 왔어요? 언제?"

운향은 조심조심 움직이면서 물었다.

"좀 됐지. 왜? 감방을 아나?"

"조금 알아요. 전에 어떤 오빠가 감방에 갈 일이 있었는데, 거기 면회를 가 봤어요."

"그래? 하하. 나 같은 오빠를 뒀군."

"오빠는 어떤 일로 갔는데?"

운향은 이제 아까보다 좀 더 격렬하게 움직여댔다. 질 속의 느낌이 아주 좋았다. 자신이 움직이는 대로 구슬이 마구 제멋대로 움직이는 것 같았다.

"나야 주먹밖에 더 있냐? 그걸로 갔다 왔지."

"근데 애인 없어요?"

운향이 알기로는 주먹세계에 있었다면 여자 하나쯤은 꿰차고 있을 걸로 알고 있었다.

"후후, 애인 있으면 뭐하냐? 술집에 있는 애들이 다 내 애인 아냐? 안 그래?"

"그럼 그런 애들 데리고 하면 되잖아요? 이런 데 와서 할 필요가 없잖아요?"

"그런가? 가끔 다른 애들도 건드려보고 싶어서 그러는거지. 왜? 돈이 싫어?"

"아니. 난 그게 이해가 안 돼."

"뭐가?"

"굳이 여자를 불러서 할 필요가 없는 거 같아서…"

"난 말야 술집에 있는 애들하고 하는 거보다 이런 걸 전문으로 하는 애들하고 하고 싶은 거야. 내 말 이해가 안 돼?"

"왜 그래?"

운향은 이해가 안 된다는 듯이 물었다.

운향의 엉덩이는 앞뒤로 움직이면서 치골을 문지르고 있었다. 남자의 뿌리가 질 벽을 문지르면서 앞뒤로 움직이는 느낌이 남다르게 다가왔다. 구슬이 움직이면서 질 벽을 마구 긁어 놓는 듯했다. 그런 느낌이 좋았다.

"하하. 아직 이런 일을 많이 안 해 본 것 같군."

"?"

운향은 움직이던 동작을 천천히 하면서 그의 가슴을 어루만졌다.

"남자는 말야 섹스에서 최고가 되고 싶어하는 거지?"

"응."

"술집에 나가는 애들은 섹스에서 최고는 아냐. 그거 알아?"

"왜요? 개들도 섹스 같은 거 잘하잖아요?"

"섹스 잘해? 하하하."

남자는 웃었다.

"안 그래요?"

"아냐. 걔들은 손님이 2차를 나가자고 하면 같이 나가기는 하지만, 이런 거 잘하는 건 아냐. 물론 잘하는 애들도 있지만. 다 잘한다는 건 아냐. 그거 몰라?"

"그렇지요. 손님이 나가자고 하니까 외박을 하는 거고."

"그래. 얼굴만 반반하면 뭐하냐? 얼굴로 외박을 나가는 애들인데 말이야. 난 그런 애들 데리고 해 보면 별맛이 안 나"

"…?"

"남자는 섹스를 어느 정도 알면 여자의 얼굴이 중요한 게 아냐. 얼마나 잘하는가가 중요한 거지. 안 그러냐?"

"그럼?"

운향은 하던 동작을 딱 멈추고는 앞으로 엎드렸다. 남자의 가슴팍에 얼굴을 대고선 가슴을 핥기 시작했다.

"내 명기를 제대로 써먹을 수 있는 여자를 만나는 것은 힘들어. 술집에 있는 애들은 얼굴은 반반하고 몸매는 끝내 주게 빠졌지만 말이야. 이런 거는 잘하는 게 아니거든. 그냥 밋밋해. 그런 거는 너도 알잖아?"

"네…"

"그래서 난 이런 거 진짜 잘하는 애들이 좋아. 이런 데 와서 니들을 부르면, 니들은 술집 애들보다 이런 거는 잘 하잖아. 술집 애들하고는 틀려. 내 말 맞나?"

"그건 그럴 거야."

운향은 남자의 말이 맞다고 생각했다. 술집에서 노는 애들은 얼굴과 몸매로 남자를 사로잡지만 이런 곳에서 일하는 애들은 얼굴과 몸매에서도 빠지지는 않지만 특히 섹스를 하는 면에서는 다른 여자애들 못지 않게 특별한 기술을 갖고 있다고 자부하고 있었다.

그래야만 남자들이 조금이라도 빨리 사정하게 만들 수가 있었다.

남자가 말한 기술이란 바로 그런 것이었다.

"그럼 오빠는 진짜로 뭔가를 아네?"

"하하. 알지. 그 맛을 아는 거지."

그 말에 운향은 남자를 다시 쳐다보았다.

"내 맛이 어때?"

"좋아."

"느낌이 틀리지?"

"응."

"어떤 느낌인데?"

"그건 말로는… 모르겠어. 그냥 좋은 거 같아."

"하하. 그럴 거다 아마. 섹스를 하는 느낌을 말로 하라고 한다면 말로 옮길 수 있는 놈은 별로 없을 거다. 그냥 느낌이 그렇다는 걸로 밖에 말할 수 없을 거다. 어때? 구슬이 움직이는 거 같은 느낌이 들지?"

"응. 속에서 마구 굴러다니는 것 같은 기분이야."

"좋아. 네 마음대로 해 봐 어떻게 하든 네 마음대로 해 봐."

남자는 이제 운향이 마음대로 해 봐도 좋다고 말을 했다.

운향은 허리를 반듯이 세운 채로 두 손을 남자의 가슴에 대고선 허리를 움직이면서 앞뒤로 움직이다가 엉덩이를 들었다가 내려 놓으면서 두 가지 운동을 해 보였다.

느낌이 더욱 강렬하게 다가왔다.

"그래. 그런 느낌이 좋아."

남자는 흡족한 듯했다.

운향이 오래도록 했지만 피곤한 줄을 몰랐다. 그러나 나중에는 그 체위만을 고집할 수가 없었다.

"오빠가 함 해 줘봐. 내가 위에서 하는건 이것밖에 없잖아."

"하하. 그래."

남자는 운향을 침대 위로 뉘이고선 운향의 위로 올라왔다. 그는 여러 가지 체위를 구사하기 시작했다.

그쪽 방면으로는 도가 통한 듯했다.

그가 움직일 때마다 운향은 감당할 수 없는 짜릿함이 몸 속으로 스며드는 듯했다. 어떨 때는 강렬하면서도 또 어떨 때는 약하고 부드럽게 다가오곤 했다. 그의 테크닉은 그야말로 보통이 아니었다.

보통 남자 같았으면 벌써 사정을 했을 터인데도 그는 지 칠 줄을 몰랐다.

"오빠... "

"왜?"

그는 계속 움직이면서 대답을 해왔다. 그의 입김이 얼굴에 와 닿았다.

"굉장히 오래 하네? 원래 그래?"

"응? 하하. 나 칙칙이를 뿌렸어."

"칙칙이? 아, 그거?"

"그래. 힘들어?"

"아니. 좋아."

"이따 끝나고 나서 돈 좀 주지. 나도 오늘 기분이 좋으니까."

"팁?"

"응. 그러면 되나?"

"오빠는 안 줘도 좋아."

"왜? 돈 때문에 이러는 거 아냐?"

"그냥 됐어. 오빠 기분이 좋으면 나도 좋지 머."

"그래. 마음에 들었어. 근데 뒤는 누가 봐 주나?"

"오빠들이 있어. 그건 왜?"

"누구지? 나한테 말해 주면 안 되나?"

"왜에? 오빠들이 알면 안 좋아할 텐데."

"하하. 괜찮아. 나도 주먹세계에 있는 놈인데 서로 알고 있으면 좋지 않나?"

"그래도…"

운향은 오빠 이름을 잘못 말했다가는 나중에 야단을 맞을지도 모른다는 생각이 들었다. 괜히 그런 말을 꺼냈는가 싶었다.

"그래. 그러면 됐어. 나중에 내가 알아도 알아낼 수 있는 거니까."

"오빠는 이 동네 살아?"

"아니. 이 동네에 살지는 않지만 이 동네는 훤하지. 왜? 오빠들도 이 동네 사는가 보지?"

"응."

"그럼 말해 봐. 혹시 내가 아는 애들인지 모르지."

운향은 괜히 말을 꺼냈다가 이 남자가 오빠의 이름을 알고 싶다고 하자, 망설여졌다. 이미 말을 꺼내놓고서 없던 것으로 얼버무릴 수도 없는 노릇이었다. 감방에까지 갔다가 왔다는 이 남자에게 거짓말을 둘러댔다가는 어떤 일이 일어날지도 모르는 일이었다.

"왜 그런 걸 알고 싶어 해? 그냥 그렇다는 것만 알면 안 돼?"

운향은 애교 있게 말을 했다. 오빠의 이름을 함부로 가르쳐줘서는 안 되겠다는 생각이 들었다.

"하하. 교육을 단단히 받았나 보군. 그런 것 말하는 게 뭐가 힘들어. 나도 감방에 들어갔다 나온 놈인데 그런 거 알았다고 해서 어떤 일을 저지를까봐 그러나?"

운향이 생각하기에도 이 남자가 그리 쪼잔하게 나올 것 같지는 않았다.

"천형민 오빠하고 강종혁 오빠라고 알어?"

"응? 형민이? 종혁이?"

남자는 깜짝 놀라는 얼굴이었다.

"응. 알어?"

"그래! 알지! 형민이 형 어딨어? 그 형이 니네들 관리 하는 거야?"

"으응, 우리 오빠야."

운향은 움직이던 동작을 멈추고선 남자의 얼굴을 내려다보았다.

"니네 보도방이야?"

"응. 맞아. 오빠하고 아는 사이야?"

"그럼! 같이 교도소에 있었어. 종혁이는 친구고."

"그렇구나!"

그제야 운향은 마음이 놓였다.

"하하. 그 형이 안동에서 나왔구나. 근데 종혁이 하고는 어떻게 만났지?"

"그럼 오빠하고 다 같이 있었던 거야?"

"그래. 영등포구치소에서 같이 살다가 뿔뿔이 흩어졌지. 종혁이가 젤 먼저 나가고, 형민이 형은 안동교도소로 내려가고,

난 원주교도소로 갔다가 출소했으니까.”

“아, 그렇구나. 근데 오빠는 어디 살아?”

“나? 나야 강남에서 놀지. 하하. 형민이 형 나왔구나.”

천식은 형민이 형이 보도방을 하고 있다는 사실이 무엇보다 반가웠다. 잊고 있었던 형민이 형과 종혁이가 같이 손을 잡고서 보도방을 하고 있다는 말을 들으면서 갑자기 마음이 뭉클해졌다.

“오빠. 빨리 끝내.”

“그러지.”

그제야 그는 사정을 했다.

섹스가 끝난 운향은 욕실로 들어갔다가 나왔다. 천식은 벌써 옷을 입고 있었다. 그는 담배를 꺼내 피우면서 운향이 나오기를 기다리고 있었다.

“형님 어디 있냐?”

“지금은 밖에 나갔어요. 종혁이 오빠는 밖에서 기다릴 거고.”

“그래? 알았어. 나가자.”

천식은 운향이 옷을 입기를 기다렸다가 같이 밖으로 나왔다.

종혁이 차안에 있다가 운향과 같이 걸어나오는 남자의 얼굴을 보고는 깜짝 놀랐다. 그가 누구인지 알아본 종혁은 얼른 차 밖으로 나왔다.

두 사람은 서로를 알아본 뒤에 달려가서 손을 잡았다.

"야, 종혁이 아냐"

"너, 천식이구나. 언제 나왔냐?"

두 사람은 서로의 손을 잡으면서 악수를 나누었다.

"야아, 이렇게 만나냐 나 잇그제 나왔어. 형민이 형하고 같이 한다면서?"

"그래. 이게 얼마 만이냐? 이런 데서 만나다니 말이야"

"응. 형민이 형하고 통화돼?"

"응, 가만있어. 불러볼게."

악수를 푼 종혁은 핸드폰을 꺼내 형민에게 전화를 걸었다. 곧 전화가 연결이 되었다.

"응, 나야 형. 천식이 만났어."

"누구?"

"천식이 말이야 지금 나하고 같이 있어. 어디야?"

"그래? 좀 바꿔 줘 봐."

형민도 종혁이가 천식이를 만났다는 말에 반가움을 금치 못했다.

"자, 형이야. 받아 봐."

종혁아 핸드폰을 천식에게 내밀었다.

"나야. 형."

"오, 천식이구나. 언제 나왔냐?"

형민은 천식의 목소리를 얼른 알아들었다.

"엊그제 나왔어. 여기서 종혁이를 만났어."

"그래? 거기 어디야? 내가 그쪽으로 갈게."

"청운장 앞이야 오늘 거기 들어갔다가 형이 보도방을 한다는 거 알았어. 이쪽으로 올래?"

"알았어. 금방 그쪽으로 갈게. 거기서 보자."

"그래. 형 얼굴도 보고 싶어."

"하하. 그래. 얼른 그쪽으로 갈 테니까 종혁이 좀 바꿔 줘라."

천식은 핸드폰을 종혁에게 넘겨주었다.

"형. 이쪽으로 올 거지?"

"지금 어디로 가는 거야?"

"빈센트로 갈 거니까 그쪽으로 와"

"그래, 알았어."

종혁은 빈센트 모텔로 움직일 거라고 말하고선 형민더러 그쪽으로 오라고 그랬다.

차에 오른 그들은 빈센트로 달리기 시작했다.

"야아, 너 오늘 우리 운향이하고 그거 했구나?"

종혁이 운전을 하면서 옆자리에 앉은 천식을 쳐다보았다.

"그래. 오늘 이렇게 만나게 되네."

천식도 이런 곳에서 교도소 동기를 만나게 될 줄은 꿈에도 생각지 못했다.

"하하. 짜식. 잇그제 나와서 여자 구멍이 그리웠겠구나."

"하하. 너 만나려고 여기 온 거 아니냐."

"구멍을 파러 왔다가 나 만나게 되고, 형도 만나게 됐네 뭐 그래."

"야, 하여튼 여기서 만나게 되니 우습게 됐네."

"원주에서는 잘 지냈냐?"

그제야 종혁은 그간의 사정을 묻게 되었다.

"푹 썩다가 나왔지 머. 넌 영등포에서 나가서 뭐했냐?"

"하하. 나야 나와서 빌빌거리다가 보도방이나 한 번 해 볼까 하고 안동에 있는 형님을 만나러 내려갔지 머."

"그랬어? 형 만나러?"

"응. 그래서 이 일을 시작한 거야."

"형이 출소하는 거까지 봤구나?"

"응. 형을 데리고 올라왔지. 지금 나하고 같이 살아. 넌?"

"그랬구나. 난 집에 있지. 아직은 그냥 있으니까."

천식은 출소해서 아직은 놀고 있는 중이었다.

"하하. 놈팽이 신세지?"

"그래. 맞다!"

두 사람은 오랜만의 만남에 할 말 들이 많았다. 빈센트에서 여진을 태운 뒤에 곧 형민이 나타났다.

형민은 택시에서 내리자마자 길가에 세워져 있는 종혁의 차로 다가오면서 앞자리에 앉아 있는 천식을 금방 알아 보았다.

"야! 정말 오랜만이다!"

"형! 오랜만이야!"

형민은 천식의 손을 잡고서 악수를 했다. 세 사람은 길가에서서 악수를 한 채로 그간의 이야기들을 하기에 바빴다.

"야, 우리 애들 태워다 놓고 나서 어디 가서 이야기 좀 하자."

형민이 그 말을 하자,

"그래, 형. 이 놈이 오늘 운향이하고 만났다는 거지 뭐유. 하하. 모텔에서."

종혁이 킬킬 웃으며 말을 했다.

"그래? 운향이가 우리를 가르쳐줬구나."

"응, 형. 그냥 이야기를 하다가 형 이름하고 종혁이 이름을 들었어. 무척 반갑드라."

"하하. 알았어. 오늘 술 한 잔 하자."

종혁은 다음 모텔로 가서 미애와 희주를 태우고선 집을 향해 달렸다. 일단 그녀들을 데려다주고선 다음 모텔로 데려갈 애들을 태워서 다시 나왔다.

모텔에 애들을 다 떨어뜨리고 난 다음에 그들은 셋만 남게 되었다.

"야, 너 오늘 집에 들어가지 마라 우리하고 오늘밤 같이 지내."

형민이 말에,

"응, 그래. 오늘밤 멋지게 한 잔 푸지 머."

천식도 기분이 좋은 듯했다.

"우리 애들이 스물 한 명이다. 요즘 좆나게 바뻐."

종혁이 한 마디 거들었다.

"그래. 그거 좋지 머. 역시 형은 이 짓을 할 거라고 생각 했어."

"그러냐? 하하. 송충이는 솔잎을 못 버리는 법이야. 하하. 종혁이 하고 둘이 손을 잡았지."

형민도 기분이 좋았다. 새로운 일꾼을 한 명 만난 것 같은 기분이었다. 교도소 동기라는 것은 피를 나는 형제보다 더 소중했다.

"내가 오늘 여길 잘 왔지. 이렇게 만나게 될 줄은 몰랐어."

"임마. 내가 여기서 이런 일을 하고 있을 줄 알고 찾아 온 거 아냐?"

종혁이 천식의 어깨를 탁 쳤다.

"그래. 그럴지도 모르지 머. 아무 데나 가도 이렇게 줄이 닿으면 만나 거야. 하하."

그들 세 명은 전쟁터에서 전우를 만난 것보다 더했다. 차안에서 이런저런 말을 주고받으며 여자애들이 일을 마치고 나오기를 기다렸다가 다시 애들을 태워서 집으로 향했다.

"요즘 바쁘구나? 이거 잘 돼?"

"그래. 정신 없지. 니 눈으로 봐라. 계속 차로 실어 날라야 돼."

형민이 기분 좋게 말했다.

"형이야 원래 이런 일을 하다가 들어왔지만, 종혁이도 이런 일에 뛰어들 줄은 몰랐네."

"나도 전에 영등포 구치소에 있을 때, 형하고 이런 일을 해보고 싶었지 머. 형이 안동으로 내려가 버리고 나서 출소하고 나서 빈둥빈둥 놀다가 이런 일을 하고 싶었으니까."

"그래서 형한데 면회를 갔나 보지?"

"응. 형하고 같이 해보자고 그랬어. 형이 나올 때까지 난 여자애들을 꼬셔서 모아놨고."

"그랬구나. 나한데도 면회 좀 오지."

천식이 섭섭한 듯이 말을 꺼냈다.

"너야 이런 데서 만났잖아. 하하."

"하하. 그래. 이렇게 다시 만나는구나."

그들이 이야기를 주고받는 동안, 여자애들이 나오면 차에 태워서 다시 다른 모텔로 이동해 가면서 다시 이야기를 계속했다.

집으로 여자애들을 데려다주고선 다시 애들을 태워서 모텔로 데려다주는 일은 계속됐다.

차에 탄 여자애들은 그들 세 명이 교도소 동기라는 사실을 알았다.

밤새도록 그 일을 하는 동안, 천식은 차에 타고서 따라 다

넜다. 새벽 6시경이 되어서야 그들은 일이 뜸해졌다.

마지막으로 여자애들을 집으로 태워다준 종혁은 형민, 천식과 같이 집으로 데리고 들어갔다.

"야 오빠하고 같이 교도소에서 살았던 친구야. 오늘 운향이하고 그거 했다가 우리를 만난 동생이다. 서로 인사나 해라."

형민이 천식을 소개시켰다.

"이 오빠가 아까 나한테 오빠들 이름이 뭐냐고 그랬지?"

운향이 우습다는 듯이 입을 가리면서 웃었다.

"하하. 그래. 오늘 너 안 만났으면 형민이 형하고 종혁이를 못 만날 뻔했지."

천식이 약간 멋쩍은 듯이 말을 했다.

"그럼 이 오빠하고 운향이하고 한 거네 머."

미애와 여진, 윤희, 희주가 깔깔거리며 웃었다.

"그런 셈이지 머. 이 놈이 교도소에 있을 때도 그거 밝혔어. 이 형한테 말이야. 맨날 그거 잘하는 방법 갈쳐 달라고 떼를 쓰던 놈이야. 하하."

형민이 말을 지어서 내뱉자,

"형도… 내가 언제 그랬어?"

천식이 억울하다는 듯이 나왔다.

"하하. 안 그랬냐? 원래 그런 놈이야 오늘 운향이가 혼 좀 났겠다? 그치?"

형민은 다시 운향에게로 화살을 돌렸다.

"오빠."

운향이 형민을 불렀다.

"응? 왜?"

"이 오빠 그거 되게 잘해."

운향이 킥킥 웃어댔다.

"그래? 어떻게 했어?"

운향의 그 말에 모두들 궁금해했다.

"야, 그걸 말하려고 하냐. 그냥 입 다물어라 응?"

천식이 운향의 입을 막으려고 그랬다.

"어떻게 했는데? 운향이가 말해 봐."

종혁이 운향에게 시켰다.

천식이 운향에게 눈알을 부라리며 말하지 말라고 엄포를 놓았지만 운향은 종혁의 말에 더 고분고분하게 나왔다.

"이 오빠 말이야. 거시기에다 금 구슬을 달았드라. 그걸로 했는데 아주 기분이 좋았어. 오빠 맞지?"

운향이 깔깔 웃었다.

"그래? 너, 그거 맞아?"

형민이 확인을 했다.

"하이구, 형님도. 교도소에서 다 하는 거 아닙니까?"

"금 구슬이라는데? 맞냐? 그거 어디서 박았냐?"

이번엔 종혁이 천식을 옆으로 밀쳐서 쓰러뜨리면서 물었다. 천식이 옆으로 쓸러졌다가 다시 일어났다.

"하하. 그 안에서 박았지. 교도소에서 출역하면서 출역수 담당을 꼬셔서 내 금반지를 녹여서 구슬을 만들었지 머 그걸로 박았어."

"그래? 진짜 금이야?"

"응. 맞어. 출역장에서 몰래 금반지를 녹여서 다마를 만들었거든."

그제야 천식은 실토했다.

"근데 너 그거 잘한다면서? 운향이가 한 번 말해 봐라. 어떻게 했는데?"

형민은 그게 궁금했던 모양이 었다.

"이 오빠가 말이야. 아주 세더라고. 우리 한참 했지? 그지?"

운향은 천식에게 확인이라도 하듯이 말을 건넸다. 천식은 뒷머리를 긁적이며 형민에게 미안한 듯 실실 웃어댔다.

"정말 그래? 호오, 그럼 천식이가 진짜 센 놈이군. 얼마나 오래 했는데?"

다시 운향에게 물었다.

"응. 한 20분 열심히 박았을 걸? 내가 쭉 뻗었을 정도로 했으니까."

운향은 약간 과장해서 천식이 난처하게 말을 했다. 그 말에 여자애들이 다들 킥킥거리며 웃었다.

"그럼 운향이 너 기분 좋았겠다?"

종혁이 웃으면서 물었다.

"응, 그랬어. 첨엔 뭐 이런 오빠가 다 있나 하고 이상하게 매달린 물건들을 만져 보았는데 나중에 그거 할 때 보니까 장난이 아냐. 호호. 니들도 이 오빠꺼 한 번 볼래?"

운향이 다시 농담으로 나왔다.

"그래. 너 그거 한 번 보여줘 봐라. 애들이 보고 싶다고 하잖냐."

형민이 그렇게 말하자,

"에이, 형도. 그걸 말이라고 하십니까?"

천식이 손을 저으면서 사양을 했다.

"임마. 여긴 다 우리 식구들인데 뭐 어때? 그거 본다고 해서 닳냐?"

형민이 일부러 인상을 써 보이자,

"그래, 임마. 어떻게 만들었는지 함 보자. 그거 한 번 내봐."

종혁도 옆에서 거들었다.

"그래, 오빠 나도 봤는데 뭘 여기 있는 애들한테 한 번 보여줘 봐. 응?"

운향도 재밌다는 듯이 거들고 나왔다. 결국 머뭇거리던 천식이 여자애들까지 그렇게 나오자, 벌떡 일어나서 바지의 혁대를 풀었다. 바지와 팬티를 동시에 내린 그는 성기를 꺼냈다. 천식의 성기에는 누런 금 구슬이 주렁주렁 매달려 있었다.

형민이 천식의 금 구슬을 만져보고는,

"이거 어떻게 했냐?"

금 구슬이 표피에 달려 있는 게 신기한 듯이 물었다.

"응, 이거… 껍질에다 구멍을 내고서 금 다마 뒤쪽에다 갈
쿠리를 만들어서 껍질에다 꿰고선 꽉 눌러서 찝어 놨어. 그래
서 낚시 추처럼 매달려 있도록 해 놓은 거야."

천식은 표피에 매달린 금 다마 하나를 뒤집어서 뒤쪽을 보
여주었다. 갈고리처럼 생긴 다마의 뒤쪽을 구멍난 표피에다
찔러놓고선 갈고리를 꽉 눌러서 압착시킨 것이었다.

"그래? 원주에서 한 거야? 안 아프냐?"

"응. 껍질은 원래 안 아프잖아."

설명을 마친 천식은 쑥스러운 듯이 얼른 팬티 속으로 집어
넣어 버렸다.

"하하. 그래. 원래 교도소 안에서는 그걸로 법무부 시계를
돌리는 거야. 좆통수는 불어도 법무부 시계는 돌아간다. 그
말 알지?"

"하하하."

"호호호."

거실엔 한바탕 웃음이 터졌다.

"야, 니들은 이제 자라. 우리는 오늘 처음 만났으니까 술
한 잔 하고 올 테니까."

형민이 그 말을 하고선 자리에서 일어났다.

그 뒤를 따라 천식과 종혁이 따라 일어났다.

"응. 오빠. 오늘 술 많이 하세요."

운향이 코맹맹이 소리를 내면서 따라왔다가 거실 끝에서 배웅을 했다.

밖으로 나온 그들은 근처 단란주점으로 들어갔다.

평소에 여자애들을 대주는 단란주점이었다. 그곳의 여자애들이 모자라면 종혁의 핸드폰으로 연락을 해서 여자 애들을 보내달라는 곳이었다.

룸으로 들어간 그들에게 술집 주인이 세 명의 아가씨들을 들여보냈다.

주인이 특별히 신경 써서 넣어준 술과 안주가 들어왔다.

술잔을 든 그들은 처음으로 건배를 했다

"우리들의 만남을 위하여!"

형민이 건배를 하자,

"위하여!"

종혁과 천식이 복창을 하면서 형민의 술잔에 부딪쳤다. 그들은 옆에 앉은 여자들의 잔에도 술잔을 부딪치고는 단숨에 넘겨 버렸다.

여자애들이 옆에서 술시중을 드는 동안, 그들은 그 동안 만나지 못했던 시간들에 대해서 떠들기 시작했다.

"원주는 어떠냐?"

형민이 물었다. 원주교도소에서는 징역을 살아보지 않았으므로 그곳 사정은 어떻는지 알고 싶었다.

"원주는 그냥 편해. 전에 영등포구치소에 있던 담당을 거기서 만났는데 그 담당 때문에 내가 편했지."

"누군데?"

"왜, 키 크고 영등포에 산다는 담당인데, 원주교도소로 전근을 왔더라고. 거기서 만날 줄은 몰랐지. 조기수 담당이라고 혹시 알어?"

"아, 조기수 담당? 알지"

형민과 종혁도 알고 있는 교도관이었다.

"아는구나. 원주에서 공장에 근무했는데, 거기 담당을 맡았거든. 내가 반장을 하면서 그 담당하고 엄청 친했어. 그래서 내 금반지와 금목걸이를 영치과에서 찾아서 좆에 박는 다마를 만들었지."

"그랬구나. 그 담당을 거기서 만났냐."

종혁도 조기수 담당을 잘 알고 있었다. 유난히 키가 크고 영동포의 주먹들과도 잘 어울렸던 교도관이었다. 조기수 담당의 친형이 영등포의 조직세계에 몸을 담고 있었다가 반대파와의 싸움에서 칼을 맞고서 죽어 버린 사건 때문에 영등포에서는 큰 사건이 되기도 했던 적이 있었다.

그 일로 인해서 동생인 조기수 담당은 영등포구치소에서 원주교도소로 전출 명령이 났었다는 이야기까지 들을 수 있었다.

"그랬구나. 원주에서 그 담당을 만났으니 정말 다행이네."

종혁이 천식의 어깨를 툭 치며 말했다.

"하하. 내가 반장이고, 조기수 담당이 나하고 아는 사이라 안에서 별 짓을 다했지. 조 담당이 내 일을 맡아서 알아서 잘 처리해 주니까 난 편했던 거지. 그 담당한테 한 번 찾아가서 술이나 한 잔 사려고 그러고 있어."

"하하. 그래. 그래야 담에 또감방 갈 일이 있으면 또 도움이 되는거지."

"형."

천식이 형민을 불렀다.

"왜?"

형민은 양주잔을 들고서 입으로 가져갔다.

"우리 손잡고 한 번 크게 해 볼까?"

천식이 그런 제의를 해왔다.

"너도?"

"응. 원주에 있을 때에 서울 애들 많이 만났어. 서울 쪽에서 이송 온 주먹잽이들이 거기서 활개를 쳤거든. 그 놈 들하고 같이 손잡고 크게 한 번 해 보면 어때?"

"어떻게? 그 놈들이야 순전히 주먹잽이들잖아?"

형민은 주먹만 쓰는 놈들하고 보도방을 하는 자신들과는 성격 자체가 틀리다는 점을 말하고 있었다.

대개 주먹잽이들은 대형 술집을 끼고 뒤를 봐주는 대가로 업소로부터 일정한 금액을 받아 챙기는 부류들이었다.

만약 비싼 술을 마시고 나서 손님이 돈이 없다고 꼬장을 부리거나, 괜히 어설프게 어깨를 들먹이며 술집 안에서 행패를 부리는 놈이 있으면 달려와서 해결만 해 주는 것으로 업소 측으로부터 수고비를 받아 챙기는 일만 할 뿐이었다.

말하자면 업소의 돈벌이에 방해가 되는 놈이 있으면 해결사처럼 슬그머니 나와서 손님을 어디론가 끌고 나가서 해결해 버리는 일만 할 뿐이었다.

"요즘은 업소에서 일하는 그런 주먹들도 돈이라면 안 달려드는 곳이 없거든. 전엔 술집에서 뒤만 봐 주거나, 업소에 안주나 얼음을 대주면서 조직을 키워왔지만 요즘엔 그런 일 외에도 어느 곳이든 돈이 되는 곳이라면 다 뛰어 들어. 그런 거 알어?"

천식의 설명이었다.

"그건 알지. 그런 애들을 합쳐서 어떻게 하겠다고?"

형민은 천식의 생각을 다시 한 번 물었다.

"아예 이참에 조직을 크게 키우는 거야. 형이 커다란 조직을 만들어서 그 밑에 있는 술집이나 모텔, 단란주점에 여자애들을 대주는 보도방과 주먹을 쓰는 조직을 같이 묶어서 술집하고 모텔들을 다 같이 관리하는 거야. 그렇게 되면 커다란 조직이 될 걸?"

"흐음…"

형민은 천식의 말을 듣고서 종혁을 쳐다보았다. 종혁은 형민의 시선을 받고서 천식의 얼굴을 쳐다보았다.

"그거 어때? 이왕이면 더 크게 하자는 거지. 그런 애들을 데리고 놀면 서울만 아니라, 지방까지 다 휘어잡을 수도 있고. 그게 안 좋아?"

천식의 주장은 바로 그것 이었다. 봉천동이나 관악구에서 하는 보도방의 일만 아니라, 큰 조직을 만들어서 전국적으로 주먹조직과 보도방을 같이 운영하자는 말이었다.

"그건 좀 곤란하지 않을까? 조직에 있는 놈들하고 우리가 하는 일하고는 성격이 좀 틀리니까."

형민은 천식의 말을 듣고 구미가 당기기는 했지만 그런 조직을 만든다는 것이 현실적으로 어려운 일이기도 했다. 그러한 일을 하려면 조직 쪽에서 그만큼 협조를 해 줘야만 가능한 일이었다.

주먹으로만 먹고사는 놈들이 여자를 팔아서 돈을 버는 일에 대해서 어떻게 생각할지 그것이 문제라고 할 수 있었다. 감방 안에서도 폭력조직의 죄명으로 들어온 주먹들은 여자에 관련된 성 추행범이나 강간범, 약취유인, 성폭행 등과 같은 애들하고는 상종조차 하지 않으려 한다는 것을 알고 있었다.

말하자면 여자를 추행하거나 강간한 죄는 주먹잽이로서는 가장 치욕스런 일이라고 생각하기 때문이었다.

"형. 요즘은 그렇지 않다니까. 일본에서는 야쿠자들이 술집만 아니라, 카페나 요정 같은 데도 다 장악하고 있잖아. 그리고 정치 쪽이나 경제 쪽에도 깊이 관여하고 있고. 우리도 그렇게 하는 거야. 일단 돈이 되는 일이라면 뭐든 못하겠어? 사람 죽이는 일도 하는데 뭐가 어때서? 안 그래?"

"그건 그렇지. 요즘 한국에는 서울 근교에 있는 멋있는 카페들도 조직들이 돈을 투자해서 그럴듯하게 위장한다는 소문이 들리던데…"

"그 말이 맞아! 주먹들이 카페를 운영하면서 돈을 벌기도 하고, 겉으로는 그럴싸하게 위장하는 거지. 그런 것도 있는데 뭐가 어때? 이왕이면 조직과 보도방을 한데 묶어서 큰 조직을 만들어 버리면 그게 더 좋은 거 아냐?"

천식의 설명은 설득력이 있었다.

"그래. 한 번 생각해 보자. 주먹조직을 움직인다는 게 쉽지 않으니까."

"그런 거라면 나도 어느 정도는 할 수는 있어. 그 동안 방간에 드나들면서 알아놓은 놈들도 많고, 원주에서 같은 공장에 출역했던 거물급이 있는데, 혹시 차배수라는 사람 알어?"

"차배수? 응. 알지. 그 사람이 거기서 같이 있었냐?"

차배수라면 서울에서 알아주는 조직폭력배의 두목급들 중에서도 전설적인 인물이었다.

"응. 전주나 목포교도소로 이송 가기보다는 서울에서 가까운 원주교도소로 이송을 왔는데, 그 사람이 내가 반장으로 있는 공장에 출역을 나왔거든. 나하고 같이 있었으니까."

"그래? 그럼 그 사람이 반장을 안 하고?"

대개 교도소에서는 주먹이 큰놈이 반장이라는 감투를 쓰기 마련이었다. 그런데도 천식이가 반장을 했다는 말이 믿기지 않았다.

"내가 먼저 출역을 나왔으니까 내가 반장인 거지. 나중에 차배수가 출역을 나왔길래 내가 반장을 내놓고 차배수 더러 공장 반장을 하라고 그랬드니 안 하겠다고 그러드라. 그래서 내가 반장을 했지."

"으응, 그랬구나. 그럼 차배수는 아직 거기 있냐?"

"아직 나오려면 멀었어. 아마 일 년은 더 살아야 나올 거야."

"그래?"

"차배수가 갖고 있는 조직이 엄청 커. 그 조직만 잘 움직일 수 있으면 일은 끝나는 거지 머."

"그게 어디 쉽냐? 차배수가 어떻게 나올지도 모르는데."

"그건 내가 움직여 볼께. 그러면 안 되겠어?"

천식은 갑자기 간이 커지는 듯했다. 차배수를 움직일 자신이 있었다. 믿져 봐야 본전이라는 식으로 나가다가 보면 혹시 모르는 일이 생길지도 모르는 것이었다.

"형."

이번엔 종혁이 형민을 불렀다.

형민은 종혁에게로 얼굴을 돌렸다.

"그렇게 되면 좋은 거잖아. 천식이가 그 일을 맡겠다고 하니까 한 번 맡겨 보는 것도 좋잖아."

"아직은 그래. 조금만 더 시간을 두고 생각해 보자. 아직 차배수도 안 만나본 상태고."

"그럼 언제 원주교도소로 면회를 한 번 가보는 게 어때?"

천식은 이미 단 쇠뿔은 금방 뽑아 버리자는 식으로 나왔다.

"그래. 그건 해 보는 거지"

"그럼 됐어. 일단은 해 보고 나서 결정을 짓는 거지 머."

"그래. 좋아. 자, 건배나 하자."

형민도 기분이 흡족했다. 술잔을 들어 천식과 종혁의 잔이와 부딪치기를 기다렸다가 잔을 번쩍 들었다가 입으로 가져 갔다.

오늘밤엔 기분 좋게 술을 마시는 것만으로도 그들은 만족했다. 술자리가 끝날 무렵에 종혁은 천식의 옆에 앉은 아가씨에게 말을 던졌다.

"야, 너 오늘 저 친구하고 외박 어때?"

"나?"

아가씨는 분명히 자신을 지목한 것인지 알면서 다시 물었다.

"그래. 괜찮아? 이 놈이 그거 하나는 죽인다더라. 우리 애들이 그래.”

“어머! 그래? 그럼 좋지 머.”

아가씨는 승낙을 해 왔다.

아까부터 남자들이 나누는 이야기를 들었던 바로는. 그들은 교도소 동기로서 모처럼 만에 만나서 회포를 푸는 술자리였으므로 공짜로 외박을 나가라는 말은 아니라는 것을 알고 있었다.

더구나 천식이라는 남자는 그저께 교도소에서 출소한 터이었으므로 형민과 종혁이 천식에게 몸을 풀도록 해 주기 위해 그런 제안을 했던 것이다. 그렇다면 당연히 형민과 종혁이 외박비를 내는 건 물론이고, 보도방을 하는 그들의 눈에 들어서 나쁠 건 하나도 없는 일이었다.

“그래. 천식아. 너, 애 한 번 쥑여 줘라. 그리고 내일부터 우리하고 같이 뛰자.”

“으응, 알았어. 형, 고마워.”

천식은 형민에게 깎듯이 고개를 숙여 보였다. 그리고는 종혁의 어깨를 감싸안으면서 고맙다는 표현을 했다.

“그래. 오늘밤에 실컷 해 봐라. 우리 애들을 빌려주고 싶지만 그렇게 하면 서로 어색할 거 같으니까 넌, 애하고 실컷 하는 게 좋겠다.”

“하하. 형. 알았어. 고마워.”

그들은 술집을 나와서 천식과 경민이가 모텔로 가는 것을 보고는 집으로 돌아왔다.

여자애들은 벌써 잠들었는지 집안에 조용했다.

종혁은 겉옷을 벗어 걸고는 팬티만 입은 채로 욕실 문을 양치질을 하고 있는데 형민이 욕실 안으로 들어왔다.

"형. 천식이가 말한 거 어떻게 생각해?"

"그건 좀 힘들지 않을까?"

"주먹조직이라서?"

"그렇지. 괜히 그런 애들 데리고 있다가 폭력조직으로 감방에 가게 되면 무기형까지 나올 수 있지."

"그게 겁나?"

"겁날 건 없지. 우리가 하는 일과 너무 성격이 틀려서 그렇지."

"괜찮아. 어차피 개네들도 돈을 버는 게 최고 목표니까. 지저분한 돈이 아니고, 여자들 공급해 주는 일인데 뭐가 어때."

"…."

형민은 대답은 하지는 않았지만 아직 생각할 여운은 남겨두는 것이 좋겠다고 생각했다.

그들은 샤워를 하기 시작했다.

"아까, 천식이도 우리한데 끼겠다고 했잖아."

종혁이 말을 꺼내면서 형민을 바라보았다.

"그래. 천식이도 일단 나온지 얼마 안 되니까 할 일도 없을 거고 우리하고 손을 잡으면 좋지."

"그래. 형 그러면 점점 우리 일을 크게 벌리는 것도 좋은 일이지."

"…."

"천식이가 말한 대로 하는 것도 괜찮을 거 같애. 이왕이면 크게 한 번 해 보는 것도 좋잖아."

"그래. 한 번 생각해 보자 섣불리 덤벼들 일도 아니고."

"알았어."

샤워를 마친 그들은 밖으로 나왔다. 벌거벗은 채로 거실로 나왔지만 아무도 보는 사람은 없었다. 안방으로 들어가서 여자애들이 세탁해서 개켜놓은 옷장에서 런닝과 팬티를 꺼내 입고는 담배를 빼어 물었다.

"술 한 잔 더 할래?"

형민이 종혁에 물었다. 왠지 그냥 자고 싶지 않았다.

"그럴까. 맥주 딱 한 잔만 하고 자지 머."

종혁이 냉장고에서 맥주를 꺼내왔다. 그들은 맥주를 마시면서 창문을 활짝 열어놓았다. 시원한 바람이 방안으로 들어왔다.

양주를 마신 뒤의 맥주 맛이란 그야말로 일품이었다.

맥주의 시원함이 목안에 걸린 텁텁함을 싹 가시게 하는 듯했다.

"야 지금 천식이는 허벌나게 헉헉대겠다? 그지?"

형민이 맥주 거품을 마시면서 말했다.

"그렇겠지. 근데 운향이 말로는 천식이가 아주 쥑여 준다는 데 그런 얘기는 형도 처음 들었지? 전에 감방에 있을 때는 그런 얘기 안 했잖아."

"하하. 그럴 수도 있지 머. 원주 감방 안에서 금다마를 박았다니 뭔가 틀려졌겠지."

"그러게 말이야. 그 자식이 운향이를 쥑여 놨다고 하면 믿어야 될 거 같기도 하고. 하하."

종혁은 천식이에게 그러한 면이 있었다는 것은 처음으로 들었던 말이어서 관심이 가는 것이었다.

"남자는 몰라. 임마. 그 놈이 그게 센지 안 센지 누가 알아?"

"하긴. 그 놈도 방간을 여러 차례 들락거린 놈이니까. 빵잽이 치고 그런 거 안 좋아하는 놈이 없으니까. 하하."

"원주에서 만났다는 차배수하고 우리가 손을 잡는다? 넌 그거 어떻게 생각해? 가능할 거라고 생각하나?"

"왜? 형은 그게 자꾸 맘에 걸려?"

"그럴 것도 없지. 아까 천식이가 말한 대로 그렇게 하는 것도 조직을 키우는 일이니까 괜찮은 일이지만…"

"형. 그럼 그렇게 해 뭐가 불안해?"

"일단 천식이가 우리편에 들어왔으니까 천천히 생각해 보자고. 너무 성급하게 생각지 말고."

"그래. 형. 그 놈들을 등에 업고 전국을 휘어잡아도 괜찮은 일이니까."

"…."

형민은 종혁의 말을 들으면서 깊은 생각에 잠겼다.

"이제 자. 형."

"그래."

그들은 맥주 잔을 비우고는 잠자리에 들었다.

창문으로 밝은 달빛이 새어 들어왔다. 벌써 아침이 밝아 오는 듯했다. 하루 일과를 마무리짓고서 자리에 눕는 시간은 항상 뿌듯하기만 했다.

"종혁아."

"응? 형 ."

"우리가 감방 안에서 사람이 많아서 칼잠을 자던 거 생각나나?"

"응. 나지. 날씨가 더워서 빵쟁이들 몸에서 땀내가 푹푹 썩는 데서도 잘 잤잖아."

"그래. 그때를 생각하면 이렇게 자는 건 호리땡땡이지?"

형민은 마치 옛날로 거슬러 올라가서 감방 안에서 생활 하던 그때를 회상하는 듯했다.

그때는 무지하게 더운 여름날이라 밤에도 잠을 자지 못 하고 헐떡거리며 잠을 설칠 때였다.

"응."

"너하고 나하고 이렇게 만나서 같이 일하게 될 줄은 몰랐지.”

“….”

“이제 우리 보도방만 잘 키우면…”

형민은 말을 아끼는 듯했다. 옛날의 감방 안에서의 생활을 생각하면 지금의 이런 행복을 말로 어떻게 표현할 수가 있을까.

“넌 이제 나하고 한 몸이 된 거지. 나도 너하고 한 배를 탄 셈이고. 이제 천식이도 들어왔으니까…”

“….”

종혁은 하품을 하면서 형민의 말을 듣고 있었다.

“천식이 말도 맞는 거 같기도 하고… 이왕 일을 시작했으면 크게 한 번 해 보는 것도 좋을 거라는…”

“형. 졸려. 자.”

종혁은 피곤했다. 자꾸만 눈이 감겼다.

“그래. 잘 자라.”

“응.”

종혁의 숨소리가 거칠게 들려왔다. 형민은 눈을 감은 채로 아까 천식이가 말한 전국적인 조직을 만들자는 말이 자꾸만 귓가에 쟁쟁거렸다.

＊
＊＊
조직

　형민의 조직은 날이 갈수록 점점 커져갔다.

　여자애들을 잘 관리한다는 입 소문 때문에 도꾸다이로 모텔을 들락거리던 여자애들도 종혁의 보도방 속으로 들어오기를 원했다.

　혼자서 모텔을 들락거리며 일을 하는 애들은 항상 불안 하기만했다. 뒤를 봐주는 남자들이 없기 때문에 손님에게 봉변을 당한다고 해도 어디 가서 하소연할 곳도 없는 실정이었다.

　더구나 형민과 종혁은 혼자서 모텔이나 단란주점을 뛰는 여자애들에게 접근해서 깨끗하고 멋진 인상을 심어줌으로써 그녀들이 자발적으로 종혁의 보도방 조직 속으로 들어오곤 했다.

　형민과 종혁, 천식 세 명이 번갈아가며 두 대의 차로 뛰었기 때문에 그들의 기동성은 모텔에서도 알아주는 듯했다. 모텔에서는 일단 전화를 하고 나서 최대한 빨리 도착하는 그들

조직에 대해서 깊은 신뢰감을 나타내고 있었다.

벌써 60명을 거느린 종혁의 조직은 하루에 벌어들이는 수입만 해도 엄청난 액수였다.

여자애들의 인원수가 늘어남에 따라 봉천동, 관악구만이 아니라, 근처에 있는 사당동이나 흑석동, 신길동, 영등포에까지 발을 뻗을 수 있었다.

"종혁이. 화곡동까지 한 번 뻗어 볼까? 그 쪽까지는 어때? 그 쪽은 모텔이 많아서 아주 좋은 곳인데 말이야."

"까치산 쪽?"

"응. 천식이 너는 어떻게 생각하냐?"

형민은 천식에게도 의견을 물어보았다.

"형. 좋아. 일단 힘이 되면 팍팍 경계를 넓히는 것이 좋아. 우리 셋이 뛰는데 뭐 어때? 안 그래?"

"그래. 화곡동이 큰 구찌야 그 쪽은 장사가 잘 되는 것 같더라."

형민이 알기로는 화곡동 쪽은 도꾸다이를 뛰는 여자애들이 많기 때문에 그녀들을 조직 안으로 흡수하는 건 식은 죽 먹기라고 생각했다.

"으응. 맞아! 그쪽은 장사가 잘 돼. 형. 그쪽도 한 번 뚫어보지."

"그래. 좋다! 일단 내일 오후부터 종혁이하고 천식이가 그쪽으로 나가서 애들을 한 번 엮어 봐라. 낮에 모텔에서 여자애들을 불러서 한 번 하면서 우리쪽 보도방으로 들어 오는 게 어떠냐고 그래 봐라. 일단 한 두 년만 우리 조직 속으로 엮어 넣기만 하면 다른 애들은 쉬울 거니까."

"좋아. 형. 그러면 서울에서 남부 쪽은 우리가 다 먹는 거야 남은 건 강남하고 강북만 먹어치우면 되니까. 그러면 서울은 다 우리 손에 들어오는 거야."

종혁과 천식도 찬성을 해왔다.

"그래. 내일부터 그 작업을 해 봐 난 오후에 혼자서 뛸 테니까 니들이 그 쪽을 맡아."

"응. 형."

세 명은 조직을 더 키우기로 합의를 보았다.

간단한 합의였다.

날이 밝기가 무섭게 점심을 먹고 나서 종혁과 천식은 화곡동으로 날아갔다. 모텔에다 차를 세운 그들은 각자 다른 모텔로 들어가 아가씨를 불러 달라고 했다. 카운터에서 여자애들을 부르는 값으로 5만원을 지불하고는 방으로 들어갔다.

종혁은 방안으로 들어가자마자 곧 샤워를 하고는 아가씨가 오기를 기다렸다.

약 20분쯤이나 기다렸을까.

방문을 노크하는 소리가 들려왔다.

"들어와."

"…."

20대 중반의 젊은 아가씨가 배시시 웃으며 안으로 들어왔다.

종혁이 젊다는 것을 본 여자애는 기분이 좋은 듯했다.

종혁은 여자애의 그런 태도에서 벌써 남자를 볼 줄 아는 베테랑 급이라는 것을 알아차릴 수 있었다.

대개 그런 일에 익숙한 여자애들은 자신을 부른 남자 손님이 젊다는 것과, 나이가 들었다는 것만으로도 일의 쉽고 어려움을 가려낼 줄 알았다. 대개 젊은 남자들일 경우에는 팁도 팍팍 쓸 줄 알았지만, 사정을 빨리 하기 때문에 여자가 하기 따라서 남자를 일찍 끝내 버릴 수가 있었다. 그러나 나이가 든 남자가 침대에 누워서 기다리고 있다면 남자를 보는 순간, 여자애는 약간 힘들 거라는 작감을 할 수가 있었다.

남자의 섹스란 나이의 많고 적음에 따라 시간이 길고 짧아지는 것이었다. 그런 일을 하는 여자들로선 남자가 길게 하는 것이 결코 즐겁지 않았다. 얼른 일을 마치고 나서 자신이 세들어 살고 있는 집으로 가서 쉬었다가 다시 연락이 오면 다른 모텔로 달려가야 하기 때문에 쉬는 시간을 많이 가지면 가질수록 더 좋은 것이었다.

"저, 샤워하고 올게요."

여자애는 종혁이 보는 앞에서 옷을 벗기 시작했다. 옷을 다 벗은 그녀는 종혁에게 웃음을 보이고는 욕실 안으로 들어갔다.

종혁은 지금 그 여자애의 얼굴과 몸매를 훑어보면서 이 쪽 화곡동에서 그런 일을 하는 여자애들의 수준을 살피고 있었다.

그 정도라면 괜찮겠다고 생각했다.

종혁은 그녀가 나오기를 기다렸다.

잠시 뒤에 욕실에서 나온 그녀는 종혁이 누워 있는 침대 위로 올라왔다.

"이름이 뭐냐?"

종혁은 그것부터 물었다.

"효진이에요."

"응. 너 이런 일 많이 했냐?"

"왜요? 그거 못할까 봐서 그래요?"

효진이 웃었다.

"아니. 이 오빠가 그냥 알고 싶어서 그래. 너 그거 잘하냐?"

"조금 해요."

효진이 또 웃었다.

그런 걸 묻는다는 것이 우스운 일이었다

"그래? 몇 년 했지."

"후후, 왜 그래요? 그런 거 묻는 게 아닌데…"

효진은 벌써 남자를 능수 능란하게 다룰 줄 아는 듯했다. 종혁이 기분 나쁘지 않게 웃으면서 대답을 비켜나가는 것도 알고 있었다.

"하하. 그래. 그럼 나한테 애무 좀 해봐 어떻게 하는지 좀
보게"

종혁도 마치 이런 곳에 자주 들락거리는 남자인 것처럼 말
을 했다.

"오빠는 처음인데… 이런 데 자주 와 봤어?"

"오늘 처음이지 . 여긴 처음 와 봤어."

"딴 데는 자주가 봤어?"

효진은 이미 종혁의 신분을 탐색하고 있었다. 종혁의 모습
이 젊었기 때문에 조직원인가, 아니면 어쩌다가 지나다가 모
텔에 들른 남자인가를 알아내려는 듯했다.

"왜? 내가 좀 이상하나?"

"아니. 그냥 물어보는 거야. 내가 애무할게."

그녀는 종혁의 가슴부터 애무를 하기 시작했다. 대개 그런
일에 종사하는 애들은 남자의 가슴부터 애무하는 법이었다.
그래서 쾌감을 느끼기 시작할 때부터 여자애는 남자의 성기
쪽으로 내려갔다.

종혁이 이런 곳에 대해서 어느 정도 알 거라고 생각했는지
효진은 정성껏 애무를 하는 듯했다. 이런 곳에 대해서 어느
정도 아는 남자에게는 효진도 섣불리 애무를 해줄 수가 없었
다.

아랫도리의 애무를 마친 그녀는,

"오빠가 위에서 할래?"

하고 물어왔다.

"아니. 네가 위에서 해 봐. 난 피곤해."

"알았어."

효진은 이미 각오한 듯이 종혁의 위로 올라가서 다리를 벌렸다. 엉덩이를 내리면서 남자의 뿌리를 집어넣었다.

"…."

종혁은 효진이 어떻게 하는가 가만히 있었다. 효진은 치골을 맞댄 채로 앞뒤로 엉덩이를 움직이면서 종혁의 가슴을 어루만졌다.

효진은 정성을 다하는 듯했다. 엎드린 채로 남자의 가슴팍에 입을 대고선 핥기 시작했다. 애무를 하면서도 그녀는 엉덩이의 움직임을 멈추지 않았다.

종혁은 간밤에 셋이서 술을 마신 탓에 그리 오래 끌지 못했다. 효진이 위에서 움직은 동안, 그는 벌써 사정끼를 느끼고는 그녀의 작은 엉덩이를 꽉 붙잡으면서 사정을 해 버렸다.

"오빠 피곤해?"

"응. 어젯밤에 술을 마셨거든."

"나, 샤워 하고 와도 돼?"

"그냥 있어. 잠시 이야기만 좀 하지."

"……?"

효진은 몸을 떼려다가 말고 그대로 가만히 있었다.

"빨리 가고 싶냐?"

"다 끝나서요. 좀 쉬어야지요."

"그래. 그냥 있어 봐 넌 도꾸다이로 뛰냐?"

"네. 오빠가 그런 걸 어떻게 알아요?"

도꾸다이라는 말에 효진은 그제야 이 남자가 섹스만 하러 온 게 아니라는 걸 알아차리는 듯했다.

"나? 사당동하고 봉천동에서 보도방하고 있는 오빠다. 이제 알겠냐?"

종혁은 자신을 밝혔다.

"근데 왜? 여기 애들도 있잖아요?"

"하하. 여기 애들도 좀 알려고 왔지. 어때? 우리하고 손잡고 일해 볼 생각 없냐?"

"오빠하고? 오빠가 하는 보도방은 커?"

효진은 그것부터 물어보았다.

"한 60명 되지. 그 정도면 큰 거 아닌가? 어때?"

"나보고 그 쪽으로 자리를 옮기라고요?"

그제야 효진은 종혁의 말을 진지하게 받아들였다.

"그럴 필요는 없지. 효진이가 여기서 일하도록 해 주지. 우리는 여기 화곡동에도 조직을 넓히려고 그러는 거니까."

"여기까지요?"

"응. 여기 화곡동은 모텔들이 많잖아. 그래서 이 쪽도 조직을 만들고 싶어서 그러지."

"거기 오빠들 몇 명 있는데?"

효진은 종혁이 말한 60명이나 되는 보도방이라면 보도방을 끌고 나가는 오빠들이 몇 명이나 되는지 알고 싶었다. 이 남자가 괜히 뻥을 치는 게 아닌가 해서 물어보는 말이었다.

"나하고 셋이지. 어때? 됐어?"

"그럼 어떻게 나눠가져요? 그 조건이 맞아야 되는데."

"그건 그냥 룰에 따르지. 모텔에는 3대2, 단란주점에는 2대1. 어떠냐?"

종혁이 말한 룰이란 모텔일 경우에는 모텔 측에서 5만원을 받아 여자가 3만원을 받고, 보도방이 2만원을 갖는다는 말이었다. 그리고 단란주점일 경우에는 3만원을 받아서 여자가 2만원을 받고, 보도방이 1만원을 갖는다는 뜻이었다.

"그럼 여기 화곡동도 보도방이 들어온다는 거야?"

"그러니까 내가 이런 말을 꺼내지. 쓸데없이 이런 말을 하겠냐?"

"…."

효진은 잠시 생각하는 듯했다. 종혁이 한 말을 그대로 다 믿을 수는 없는 일이었다. 가끔 그런 식으로 사기를 치는 놈도 있었다.

"생각해 봐 혼자 뛰는 것보다는 나을 테니까. 우리가 뒤를 다 봐주니까 힘들 건 없어. 우리 조직이 커지면 니들도 좋을 거니까."

"그럼 아직은 생각을 좀 해 보고. 나중에 연락할 전번이라도 좀 줘."

"그러지."

종혁은 양복을 갖다 달라고 해서 지갑에서 명함을 꺼내 주었다.

효진은 명함에 새겨진 칠공공 보도방이라는 글자와 그 밑에 씌어진 핸드폰 번호를 살펴보았다.

"만약 이 쪽을 하게 되면 효진이 너는 좋은 조건을 줄 수도 있어."

"어떤 조건?"

"이쪽을 맡아서 관리하면서 돈을 벌 수 있도록 해 주지. 그만하면 좋은 조건이 될 수 있지. 한 번 생각해 봐."

"내가 안 뛰고서도 할 수 있다는 말이야?"

"전혀 안뛸 수는 없지 가끔 한번씩 뛰면서. 애들을 관리하는 위치를 준다는 말이지."

"그럼 새끼 보도방?"

"하하. 그런 셈이지. 그거면 어때? 우린 거리가 멀어서 오빠들이 직접 뛸 수가 없으니까."

"알았어. 한 번 생각해 보고."

"빨리 결정해라 난 다른 데 가서 또 이런 작업을 해야하니까. 다른 애가 먼저 하겠다고 하면 그런 조건은 다른 애한테로 넘어가는 거니까."

종혁은 은근히 그런 조건을 달았다. 그래야만 효진이 먼저 대들 것이라고 생각했다.

"그럼 좋아. 밑져야 본전이니까 내가 이 쪽을 맡도록 해줘."

"그럼 하는 거지?"

"응."

"좋아! 우리는 약속은 지키지. 다 의리 있는 놈들이니까."

"언제 그 쪽으로 갈 건데? 나중에 나하고 통화해서 그 쪽으로 가보면 안 될까?"

"우리 집으로?"

종혁이 말한 우리 집이란 보도방을 하는 아지트를 일컫는 말이었다. 효진은 종혁의 말을 믿기는 하겠지만 직접 그 쪽에서 일하는 여자애들을 눈으로 봐야만 확인을 할 수 있을 것만 같았다.

"응."

"좋아 가보면 믿을 만할 거다. 이따 내가 집으로 갈 때. 전화를 때리지. 전번 좀 줘라."

효진은 종혁에게 전화번호를 적어주고선 옷을 입기 시작했다.

"너, 여기서 뛰면 하루에 몇 번이나 뛰니?"

"나? 하루에 보통 열 다섯 명은 뛰어. 그 정도 뛰고 나면 몸이 녹초가 돼."

"그래? 그럼 힘들겠구나. 우리하고 손잡고 해 봐. 그만큼 안 뛰고도 그만한 돈을 벌 수 있을 거니까."

"응. 이제 가도 돼? 좀 있다 나한테 전화해 줘."

"그래. 나도 곧 나가야 돼."

종혁은 효진이 나가고 난 뒤에 곧바로 일어나 옷을 입기 시작했다.

모텔 밖으로 나온 종혁은 다른 모텔로 들어갔다. 아가씨를 불러 달라고 하고선 방으로 들어 갔다.

이번에도 그런 식으로 도꾸다이인가 확인하고선 자신이 보도방이라는 것을 알려주고는 같이 일해 볼 생각이 없느냐고 말을 했다.

종혁과 천식은 계속해서 그런 식으로 아가씨를 만났다. 나중엔 그녀들과 섹스를 하고 싶은 마음도 없었다. 그냥 아가씨로부터 애무만 받고선 단도직입적으로 그 말을 꺼냈다.

그러나 화곡동에도 작은 보도방이 있다는 것을 알게 되었다. 종혁은 아가씨에게서 화곡동의 보도방이 있다는 것을 알고선 곧바로 형민에게 전화를 걸었다.

"형."

"왜? 잘 돼 가냐?"

"응. 근데 여기도 보도방이 있어. 그건 어떡하지?"

"커? 작아?"

"그냥 몇 명 데리고 하는 거야. 작은 거야."

"그래? 그럼 그대로 밀어 부치는 거야. 그 쪽에서 시비를 걸고 나오면 눌러 버리는 거고. 그 정도라면 전쟁을 하더라도 우리가 안 밀리지."

"전쟁해야 돼?"

종혁은 형민의 잔인함을 알고 있었기 때문에 이곳 화곡동의 보도방과 전쟁을 하고 싶지는 않았다. 만약 전쟁을 하다가 수가 틀리면 형민이 또 어떤 식으로 나올지 모르기 때문이었다.

"하하. 괜찮아 그 정도까지는 안 가고도 밀어 버릴 수 있어."

"응. 알았어. 이따 효진이라는 애를 데리고 그쪽으로 갈게 애가 우리 집을 확인하고 싶다고 그러길래."

종혁은 효진이가 직접 자신의 눈으로 확인해야만 믿을 수 있을 것이라고 설명을 했다. 그래야만 효진은 본격적으로 칠공공 보도방의 일원이 되겠다는 생각을 할 거라는 말까지 덧붙였다.

"알았어. 그럼 그렇게 해라. 그때쯤이면 나도 집에 가 있을 거니까."

"알았어."

종혁은 형민에게 보고를 하고는 효진의 핸드폰으로 전화를 걸었다.

"나야 아까 만난 오빠다. 지금 나올래?"

"응. 어디야?"

"아까 그 모델 근처의 찻길에 있을게. 빨리 나와."

만날 장소를 정하고 종혁은 약속장소로 찾아갔다.

종혁이 그 쪽으로 가는 시간에 효진은 집에서 나와 그 장소로 움직이고 있었다. 찻길에 도착해서 기다리고 있는데 효진이 웃으며 다가왔다.

"타."

종혁이 옆자리를 가리켰다.

효진은 차에 타자마자 곧 담배를 꺼내 물었다. 종혁도 담배를 꺼내 불을 붙이고는 카세트의 테이프를 틀었다.

"참, 아까 말은 안 했는대 여기 화곡동도 보도방이 있다는 거 알아?"

"들었어. 작은 거두만"

"들었어? 그런데도 괜찮아?"

"아주 적은 거니까. 우리하고 한 판 붙자고 하면 붙으면 되니까."

종혁은 이제 자신만만하게 나왔다.

"붙어? 싸운다는 뜻이야?"

"할 수 없으면 한 판 붙는 거지. 아마 그렇게 되기는 힘들 거다. 나도 이미 알아 봤으니깐."

"그랬구나…"

효진은 담배연기를 길게 내뿜으면서 창 밖으로 시선을 주었다

"애들 많이 모을 수 있냐?"

"왜? 또 필요해서?"

"많으면 많을수록 좋지. 거래처는 얼마든지 많으니까."

"내가 화곡동을 맡게 되면 아는 애들을 최대한 긁어모을 수 있어."

"좋아!"

종혁의 차는 남부순환도로를 따라 봉천동으로 달리고 있었다.

집에 도착해서 일을 나가지 않고 집에서 대기하고 있던 여자애들과 같이 효진과 이야기를 나누고 있는 동안에 형민과 천식이 들어왔다.

형민은 거실의 탁자로 가서 앉았다.

"형. 얘야"

종혁이 효진을 데리고 와서 맞은편 의자에 앉았다.

효진은 이미 남아서 대기하고 있는 여자애들과 몇 마디 대화를 나눠 보고선 어느 정도 규모의 보도방인지 알 수 있었다.

"안녕하세요. 효진이라고 해요."

효진이 고개를 까딱 하면서 인사를 했다.

"잘 왔어. 여기까지 오느라고 수고했어. 어때? 직접 눈으로

확인해 보니까?”

형민은 담배를 꺼내 한 개피를 입에 물고선 효진에게 담배를 권했다. 효진이 담배를 꺼내 입에 물었다.

형민이 라이터를 켜서 효진의 담배에 불을 붙여주었다.

“괜찮은 것 같네요”

“그럼 합류하는 건가?”

“네.”

“좋아! 그럼 조건은 다 맞춰 주겠다!”

“네. 좋아요.”

효진도 순순히 나왔다. 종혁과 형민, 천식의 얼굴을 봤으므로 믿을 만했다.

“그럼 오늘부터 인원을 최대한 늘리는 거다. 그건 네가 알아서 해 그 대신에 그만한 대가는 다 지불할 테니까.”

“그럼 됐어요.”

효진도 자신이 넘쳤다.

화곡동에서 도꾸다이로 뛰고 있는 애들을 모으는 일이란 그리 어렵지 않을 거라고 생각했다.

종혁과 천식이 여자애들을 데리고 모텔로 나가고 나서 두 사람은 계속해서 진지한 이야기들을 나눌 수 있었다.

“화곡동에 대한 보고는 다 들었어. 그 쪽을 눌러 버리는 건 식은 죽 먹기니까 뒷일은 걱정하지 마라. 우리가 다 알아서 해결해 줄 테니까.”

"네."

"인원을 최대한 얼마나 키울 수 있을 거 같나?"

형민은 그게 중요했다.

"화곡동만 해도 커요. 30-40명은 모을 수 있어요."

"그럼 됐어. 만약 그쪽이 바빠지면 여기서도 지원을 나갈 수 있을 거니까."

형민은 효진에게 조직의 탄탄함을 강조한 뒤, 효진과 같이 밖으로 나왔다.

"내가 태워주지. 오후부터는 우리가 바빠."

세 명이 돌아가면서 두 대의 차를 굴려야만 했다. 효진도 바쁠 시간이라는 것을 알고 있었다.

"자, 택시 타고 가라."

형민이 십만원 수표를 꺼내 효진에게 내밀었다.

"네. 고마워요."

효진은 수표를 받아 쥐고 형민에게 고개를 숙여 보였다.

찻길에서 헤어진 효진은 택시를 타고선 화곡동으로 향했다. 집에 도착한 그녀는 아는 애들에게 전화를 걸어 종혁이 말한 보도방에 대해서 설명하고는 자신의 밑으로 들어오기를 권유했다. 효진이 전화를 건 여자애들은 모두 혼자서 일을 하고 있는 애들이었다.

"그래. 그럼 우리도 좋지 머. 보도방 오빠들이 있으면 뒷일은 걱정 안 해도되고"

"그래. 그래서 내가 허락했잖니. 나 좀 도와줘라."

"응. 알았어. 나누는 비율은 그대로 하는 거지?"

"응. 그건 걱정 마. 오늘 내가가서 봤더니 믿을 만한 곳이야. 나만 믿어."

효진은 어깨에 힘이 솟았다.

그런 식으로 여자애들을 모은 뒤에 전화번호를 모르는 애들은 모텔의 복도에서 만나게 되면 그때 가서 이야기를 해도 자신의 밑으로 끌어들일 수 있을 것이었다.

효진은 연락을 받고 모텔로 가면서 만나는 애들마다 자신의 밑에서 일해 볼 생각이 없느냐고 말을 건넸다. 혼자 뛰는 여자애들은 효진의 그런 제의에 선뜻 응해왔다.

형민은 화곡동에서 효진이 35명의 여자애들을 거느리고 있다는 사실이 믿음직스러웠다. 이제 칠공공 보도방은 100명에 가까운 조직이 된 셈이었다.

효진에게 화곡동을 전적으로 맡기기보다는 종혁을 그 쪽으로 보내 만일의 사태에 대비하기도 했다. 종혁은 이제 매일 아침이면 화곡동으로 출근을 해야만 했다.

"야, 효진아."

"오는 거야?"

효진은 늦게 일어나 슬립 차림으로 욕실로 들어가려다가 종혁의 방문을 받고 있었다.

"오늘 애들 좀 모아. 내가 할 말이 있으니까."

"왜?"

효진이 칫솔을 입에 넣으려다 말고 종혁에게 걸어왔다.

"조직을 좀 더 키워야겠어. 그래서 애들한테 친구들이나 아는 애들을 좀 더 끌어들이라고 말하고 싶어서 그래."

"더 키워?"

"하하. 왜? 여기 바닥이 장사가 잘 되니까 인원을 더 늘리는 게 좋잖아."

하긴 화곡동은 보도방 수입이 좋은 곳이었다. 하룻밤 사이에 들어오는 수입이 5백만원대를 넘어서고 있었다.

"알았어. 나 샤워 좀 하고."

효진이 욕실로 들어간 사이, 종혁은 거실의 소파에 앉아 형민에게 핸드폰을 때리고 있었다.

"응. 나야, 형, 지금 도착했어. 효진이가 샤워하고 나오면 애들 모으기로 했어."

종혁은 그런 식으로 매일 아침 화곡동에 도착하면 형민에게 보고를 했다.

"그래. 알아서 해 애들 한 명씩 끌어올 때마다 50만원의 보상금을 준다고 그래 버려."

"50만원?"

"왜? 그게 작냐?"

전화 속에서 형민이 웃고 있었다.

"아니. 그만한 보상금을 준다고?"

"그래. 임마. 그래야 애들이 더 빨리 애들을 모을 거 아냐 그렇게 해"

"응. 알았어."

일단 허락을 받은 종혁은 일사천리로 일을 진행시켜 나갔다. 효진이 모은 애들에게 형민에게 보고한대로 애들을 한 명씩을 내걸었다.

그 사항은 미리 효진에게 강조를 해서 애들을 맡고 있는 효진이 감정 상하지 않도록 미리 귀뜀을 해 주었었다.

"오, 좋아!"

"오빠, 그거 좋네 머!"

종혁의 그런 제의를 들은 여자애들은 다들 좋아했다. 이왕이면 일을 하면서 도꾸다이를 뛰고 있는 애들을 불러들여서 한 명씩 식구를 늘릴 때마다 50만원이라는 공돈이 생기는 셈이었다.

화곡동의 조직은 그런 식으로 점점 커져나갔다.

보도방의 인원수도 늘려야 할 판이었다.

"야, 종혁아."

"응. 형."

"우리도 인원수를 좀 늘려야겠어."

형민은 화곡동을 맡고 있는 효진이와 세 명의 남자 보도방으로는 1백명이 넘는 여자애들을 관리할 수가 없다는 것을 느꼈다.

"그럼? 어떻게 해?"

"전에 영등포구치소에 있을 때, 같이 있었던 놈들 있지?"

"응."

"그 애들한테 연락이 되면 그 놈들 중에 쓸만한 애들 있으면 좀 끌어들여라. 너, 알지? 기팔이하고, 성복이, 찬수, 기민이, 형태, 구만이 같은 놈들이 있잖아. 걔들 다 나왔나?"

형민이 말한 애들은 다 영등포구치소에 있을 때, 같은 방에서 같이 있었던 빵잽이들이었다. 열두 명 중에서 그런 대로 쓸만한 애들이었다.

"걔들? 벌써 나왔을 껄?"

"너, 전에 걔들 연락처 적는 거 본 거 같은데 걔들한테 연락해 봐. 다 출소했으면 한 번 만나자고 그래. 걔들을 불러서 우리하고 같이 일해 보자고 그래."

"아, 알았어."

종혁은 형민이 집어낸 애들이 꽤 쓸만한 애들이라는 것을 알 수 있었다. 수첩을 뒤져 구치소 안에서 적어 놓았던 종이를 끄집어냈다.

"그리고 천식이 너는 원주에 쓸만한 애들 없냐?"

이번엔 천식에게로 말머리를 돌렸다.

"있지. 내가 원주에 있을 때는 전국 교도소에서 이송을 와서 힘 깨나 쓰던 놈들이 다 모였을 때니까."

"그럼 넌 그 쪽에서 같이 있었던 놈들 중에 같이 손을 잡고 일할 만한 애들 있으면 끌어들여. 그건, 네가 작업 해."

"알았어."

천식에게도 보도방을 할만한 주먹들을 조직 안으로 끌어들이라는 임무가 내려졌다.

종혁과 천식은 각자 맡은 임무대로 영등포구치소에서 같이 생활했던 주먹들에게 연락을 취하기 시작했다. 대개 단기의 형을 살고 출소했거나, 재판 중에 집행유예 판결을 받고서 풀려난 경우가 많아서 그들이 적어준 전화번호로 연락을 취했을 때, 그들과의 연락은 쉽게 이루어졌다.

종혁이 끌어 모은 주먹들과, 천식이가 원주교도소에서 살면서 알게 된 주먹들이 봉천동에 모이게 되었다.

일단 그들을 오전에 봉천동으로 모이게 한 종혁과 천식은 형민을 소개했다.

종혁이 먼저 형민을 소개하기 시작했다.

"나하고 영등포구치소에서 같이 있었던 형님이시라 나하고 같이 있었던 니들은 잘 알 걸로 안다. 오늘 이렇게 부른 것은 우리가 앞으로 전국적인 조직으로 키워나가기 위해 불렀으니까 니들이 좀 도와줬으면 한다. 천식이도 니들이 알 거고, 천식이가 원주교도소로 이송 가서 알게 된 친구들도 여기에 와 있으니까 이번엔 원주에서 오신 분들은 천식이가 소개를 하겠다."

종혁이 인사를 하고 나자, 이번엔 천식이가 마이크를 잡았다.

"내가 원주교도소로 이송 가서 공장에 출역하면서, 반장을 하면서 알게 된 놈과, 내가 방안에서 같이 있었던 놈들도 있다. 내가 출소해서 영등포구치소에서 같이 살았던 형민이 형과 종혁이를 만나면서 보도방 일을 하게 됐다. 영등포구치소하고 원주교도소에서 만난 놈들끼리 서로 인사나 하고 우리 칠공공 보도방이 1백명이 넘는 보지들을 거느리게 돼서 우리 셋이서 뛰기에는 힘들어서 이렇게 불러모은 것이니까 앞으로 우리 조직이 더 커나가기 위해서 라고 생각하고 도와주면 좋겠다고 생각한다. 그럼 형민이 형님이 나와서 한 말씀 하겠다."

천식이가 말을 마치면서 형민을 쳐다보았다.

형민이 자리에 앉아 있다 일어나 앞쪽으로 걸어나왔다.

오늘따라 형민은 말쑥한 양복차림이었다. 그는 천식이 건네준 마이크를 잡고선 좌중을 둘러보았다.

다들 건장한 어깨들이 자리에 앉아 있었다. 구치소나 교도소에서 징역을 살다 만난 사이들이지만 왠지 모르게 믿음직스러웠다.

형민은 뿌듯한 마음을 억누르면서 마이크를 입에 가까이 갖다댔다.

"난 천형민이라는 놈이다. 종혁이하고 천식이하고는 영등포구치소에 만났고, 내가 안동교도소에 내려가 징역을 살고 있을 때에 전에 영등포구치소에서 같이 있었던 종혁이라는 놈이 나를 찾아왔다. 전에 내가 하던 보도방을 하겠다고 면회를 왔을 때에 나는 보도방을 하다가 감방 안으로 들어갔던 놈이라 종혁이에게 밖에 나가서 같이 하자는 말을 했었다. 그리고 나서 우리 둘은 봉천동에서 자리를 잡았고, 나중에 천식이가 원주에서 나와서 우리들을 찾아 왔었다. 우리 셋이 하기에는 조직이 커져 버렸으므로 우리는 다시 옛날에 교도소 감방 동기들을 만나서 이렇게 다시 더 큰 조직으로 키우기 위해서 여러분들을 모은 것이다. 사회에 나와서 우리들이 설 곳이란 아무 데도 없다는 것은 여러분들이 더 잘 알 것이리라 믿고, 난 여러분들이 감방 안에서 받았던 설움을 누구보다도 더 잘 안다고 자부한다. 그래서 이참에 조직을 더 키워 우리와 비슷한 처지에 있는 놈들을 먹여 살리기로 했다. 그러려면 여러분의 도움이 절대적으로 필요하다. 그래서 이런 자리를 마련한 것이다."

형민은 말을 하는 동안에도 거기 모인 어깨들의 분위기를 살폈다. 무식하고 주먹밖에 모르는 어깨들 이었지만 제법 점잖은 자세를 갖추고서 형민의 말을 듣고 있었다.

아무리 감방을 갔다온 어깨들이라지만 출소해서 빈둥빈둥 놀고 있는 자신들을 불러서 술자리를 만들어준 것만 해도 고마운 일이 아닐 수 없었다. 그들은 일단 자신들의 어깨를 믿고서 불러준 종혁과 천식의 얼굴을 봐서라도 불손한 태도를 보일 수는 없었다.

형민은 일단 분위기가 엄숙하다는 것을 알고선 더욱 침착하게 말을 꺼냈다.

"우리가 감방 안에서 자주 했던 말이 있을 것이다. 무전유죄 유전무죄라는 말. 그리고 빵간에서 우리는 탱자탱자 해도 법무부 시계는 돌아간다는 말을 했을 것이다. 우리가 힘을 뭉치지 않으면 그 누구도 우리의 주먹에 돈을 쥐어 주는 놈이 없다는 것도 알 것이다. 그래서 나는 보도방을 하면서 바깥에 있는 놈들보다도 감방 안에서 의리로 만난 여러분들이 더 미덥다는 것이다. 여러분들의 성격을 잘 알기 때문에 나는 여러분들의 의리와 주먹을 믿고서 우리 조직을 키우고 싶은 것이다."

형민은 그 말을 하면서 점점 가슴이 뜨거워져옴을 느꼈다. 비록 사회에서 지탄을 받는 일이긴 하나 남자라면 누구라도 젊고 예쁜 영계들을 돈주고 사서 섹스를 하고 싶다는 심정을 잘 알았기 때문에 그런 일을 한다고 해서 비겁한 일을 한다고는 생각지 않았다.

오히려 사회가 요구하는 일을 담당하고 있다고 생각하고 싶었다.

"그래서 나는 종혁이와 천식이에게 교도소 안에서 알게 된 여러분들을 모아서 같이 일해 보고 싶다는 말을 한 것 이다. 난 이제 여러분들과 같이 주먹을 맞대고서 같이 살아가고 싶을 뿐이다."

형민의 그 말에 주먹들은 박수를 보내기 시작했다.

"그럼 결론부터 말하겠다."

형민은 굵은 침을 삼키고는 무겁게 입을 열었다.

"지금 우리 조직은 보지들이 1백명이나 된다. 보도방 이야기를 들어서 잘 알겠지만 우리는 밤낮으로 뛰어야 한다. 그래서 여러분들이 나하고 손을 잡고 일한다면 서울시내는 완전히 장악할 수 있을 거라고 생각한다. 각 구청 별로 나눠서 우리 보도방이 장악하게 된다. 그 일을 하게 되면, 앞으로 여러분들은 보도방 구청장이 되어서 여자애들을 관리하기만 하면되는 것이다. 내가 제안한 말에 대해서 다른 생각이 있는 분은 이 자리에서 말해 주면 좋을 것이다."

"구청장?"

"하하하."

"형 씨. 보지구청장이라는 말이오?"

좌중에서 폭소가 터져 나왔다.

그러나 그 분위기는 곧 잠잠해졌다. 종혁과 천식이 나서서 금세 수습을 해 버렸다.

"그렇소! 난 서울 시장이라면 여러분들은 각 구청별로 보지들을 관리하는 구청장이 될 거다. 그게 뭐가 우스운 일인가? 안 그러냐"

그 말을 하면서 형민도 웃음이 나왔다.

다소 무거운 분위기를 풀어 버리기 위해 형민이 일부러 그렇게 던진 말이었다.

"하하하. 맞소! 보지 시장이면 어떻고, 보지 구청장이면 어떻소. 우리를 불러준 형민이 형에게 박수를 보내고 싶소!"

짝짝짝.

다시 박수소리가 터져 나왔다.

"좋소! 거꾸로 돌려놔도 법무부 시계는 돌아가는 거다! 우리를 불러준 형민이 형께 충성하겠소!"

"옳소!"

거기 모인 어깨들은 모두 다 주먹을 흔들었다. 그것으로 찬성이었다.

"그럼 모두 다 찬성 한다는 뜻인가?"

형민이 물었다.

"찬성이다! 찬성!"

"찬성이오!"

다시 한 번 찬성의 소리가 터져 나왔다.

"그럼 이제는 술잔을 든다! 실시!"

형민은 군대식으로 말을 했다. 형민이 술잔을 들자, 거기 모인 주먹들도 앞에 놓인 술잔을 높이 들었다.

"좆통수는 불어도 법무부 시계는 돌아간다! 자, 건배!"

형민의 복창에 잔을들고 있던 모든 주먹들이 일제히 건배를 외쳤다. 종혁과 천식은 뛸 듯이 기뻤다. 좌중을 일일이 돌아다나면서 잔을 부딪치고는 형민에게로 다가가서 술잔을 부딪쳤다.

이로써 서울 전역을 장악할 칠공공 보도방의 조직 결성은 완결된 셈이었다.

곧 술자리가 펼쳐지기 시작했다.

형민은 그제야 술집의 아가씨들을 불러들였다. 주먹들과 회의를 할 때는 일절 아가씨들을 들여보내지 말라고 지시를 해 놓았던 것이다.

어깨들의 옆자리에 한 명씩 아가씨들이 앉도록 해 놓고는 술 파티를 시작했다.

전국 각지에서 모여든 주먹들은 형민과 종혁의 그러한 선심에 주먹잽이들만의 의리로써 나왔다. 일단 조직에 충성하기로 약속한 뒤이므로 옆에 앉은 아가씨와 기분 좋게 술을 마실 수 있었다.

종혁이 형민의 옆으로 다가와서 귓속말을 했다.

"형. 봉투 준비한 거는 언제 뿌릴까?"

"그거? 좀 있다가 봐서 뿌려."

"응."

종혁은 양복 안쪽 주머니에 준비한 두툼한 봉투를 만지면서 물러났다.

형민이 말한 대로 일이 잘 성사되기만 하면 주먹들에게 인사치레로 1백만원이 든 돈 봉투를 뿌려 버릴 참이었다. 그래야 화끈하게 일의 결말을 지을수 있기 때문에 형민이 미리 준비하라는 말을 듣고서 준비해 둔 돈이었다.

여흥은 점점 깊어갔다.

감방 안에서 썩다가 나온 그들이었기에 술과 여자가 있는 곳이라 아무런 제약이 없는 곳이었다. 더구나 오늘 같은 날은 그냥 놀기 위해 모인 장소가 아니라, 칠공공 보도방에서 각 구청장들을 모집하기 위해 술자리를 만든 것이나 다름없었다.

거기 모인 주먹들은 형민과 종혁, 천식을 통해서 마음놓고 술을 마실 수 있었다.

여자애들이 마이크를 잡고서 노래를 부르면서 춤을 추기 시작했고, 주먹들도 여자애들과 뒤섞여서 어설프긴 하지만 춤을 추기 시작했다. 모두가 주먹들이었기 때문에 서로 서먹하거나 어색할 필요는 없었다.

오늘 처음 만나는 주먹들도 있었지만 이미 그들은 주먹잽이라는 얼굴과 이름만을 듣고도 친해질 수 있었으며, 노래를 부르면서 노는 중에서도 상대방을 익힐 수가 있었다.

춤판이 끝나고 나면 그들은 다시 자리로 돌아가서 양주를 마시기 시작했다. 여흥이 끝나갈 무렵, 형민이 일어나서 한마디 했다.

"오늘은 이것으로 내가 여기까지 찾아와 주신 여러분들에게 손님 대접을 했는지 모르겠다. 오늘밤 우리는 커다란 조직으로 태어나면서 나는 여러분들에게 감사의 마음으로 돈 봉투 하나씩을 준비했다. 그걸로 옆에 앉은 아가씨를 데리고 나가 멋진 외박이라도 했으면 좋겠다. 야. 종혁아. 천식아 봉투를 하나씩 돌려드려라."

"네. 형님"

종혁과 천식은 일일이 좌석을 돌며 거기에 앉아 있는 주먹들에게 돈이 든 봉투 하나씩을 나눠주기 시작했다. 그것으로 모든 여흥은 다 끝난 셈이었다.

돈 봉투를 받아든 주먹들은 예상외의 돈 봉투에 잠시 경의를 표하는 듯한 분위기였다. 술자리 만으로도 충분한 자리였지만 따로 형민이 돈 봉투까지 준비했다는 사실에 깊은 존경심까지 갖추게 된 셈이었다.

형민 역시 기분이 좋았다.

주먹들을 모으기 위해 그런 일을 할 수 있다는 것이 즐거울 뿐이었다.

"종혁아, 천식아. 됐어. 나가자."

그들은 다들 술자리를 빠져나간 맨 나중에서야 술집을 빠져나왔다. 종혁과 천식이 술값으로 계산한 돈은 1천만원이 넘었다. 술집에서 형민의 얼굴을 봐서 원가에 가깝게 술값과 안주 값을 계산했는데도 1천만원이라는 계산이 나왔던 것이다.

"형. 우리 어디 가서 따로 한 잔 합시다."

종혁이 말을 꺼냈다.

"그러지."

그들은 다시 2차로 술집으로 들어갔다. 그곳 역시 형민이 하는 보도방에서 여자애들을 대주는 술집이었다.

룸으로 들어간 그들은 아가씨들을 들여보내지 말라고 하고선 술을 마시기 시작했다.

"형. 오늘 정말 좋았어. 오늘 모인 그 놈들 기분이 얼마나 째졌는지 모를 거야."

"그래. 이럴 때 한 번 팍팍 쓰는 거지."

형민은 종혁이 따라주는 술을 받으면서 기분이 좋은 듯 했다.

"자, 우리끼리 건배!"

형민이 술잔을 들어서 종혁과 천식의 술잔에 부딪쳤다.

"형. 이제 조직을 짜는 일만 남았어. 앞으로 배수 형이 나오고, 우리편으로 들어오기만 하면 끝나는 일이야."

"핫하. 그래. 모레쯤 난 원주로 가서 차배수를 한 번 만나볼 거니까. 천식이 너도 나하고 같이 가지."

"응. 형."

그들은 기분 좋게 술잔을 기울였다. 모든 일들이 순조롭게 끝난 상태에서 그들의 기분은 더할 나위 없이 좋을 수 밖에 없었다.

"종혁이 너는 각 구청별로 구청장을 맡을 적임자들을 배치해 둬라. 그리고 처음 구청별로 조직을 만들기 위해선 자금이 필요할 테니까, 우리가 갖고 있는 자금에서 여유분을 남겨두고서 구청별로 예산을 배분해. 그리고 나중에 차배수를 데리고 오면 그때는 차배수한테도 자금이 필요한 거니까, 그 자금은 필요한 만큼 남겨두고."

"응. 알았어. 차배수가 만약 우리한데 온다면 그 조직원들도 좀 있을 걸? 차배수가 데리고 있는 애들은 몇 명이나 될까?"

"그건 한두 군데 구청만 떼어 줘도 돼. 차배수가 데리고 있는 애들은 몇 명이라도 상관없어. 지네들끼리 몇 개 구청을 떼어먹게 하면 되는 거고. 아니면 우리 조직의 직할대로 두고서 써먹으면 되니까."

"아, 그러면 되겠네. 한 사람마다 다 구청을 떼어줄 수는 없고."

"하하. 걔들이야 푼돈을 떼어 쓰도록 하기 위해서 구청을 주면 좋지만, 안 줘도 상관없어. 걔들은 항상 대기 상태로 있다가 문제가 생기는 동네로 뛰어야 되는 거니까 항상 대기하고 있는 편이 좋지. 걔들이야 언제든지 칼이나 들고 뛰면 되니까."

형민의 생각으로는 차배수의 조직원들에게 구청을 할당 해주기보다는 차라리 조직 전체에서 벌어들이는 자금에서 일정액의 지원금을 대어줌으로써 항상 필요할 때에 순식간에 주먹잽이들을 동원하는 것이 나을 듯했다. 여자애들을 관리한다는 것이 보통 힘든 일이 아니었다. 차 한 대에 남자 두 명이 달라붙어야 하고, 둘이서 교대로 운전을 해야 했다. 그리고 오후부터는 밤낮으로 두 명씩 차 한 대에 달라붙는다고 생각하면 한 구청에서 차 서너 대는 필요할지도 모르는 일이었다.

그렇게 되면 주먹을 쓰도록 하기 위해 끌어들인 주먹잽이들을 보도방 일을 하는 데 투입하는 꼴이 되는 셈이다. 그럴 것까지는 없다고 생각했다.

"그럼 직할대로 남겨놓지 머."

종혁이 말했다.

"그래. 그게 낫겠다. 일단 차배수를 불러들여 와야 돼 나머지는 오늘 모인 그 놈들에게 다 맡겨 버려."

"알았어."

"참 오늘 애들은 어떻게 되어가고 있나?"

형민은 오늘밤 일에 대해서 물었다.

"응 내 핸드폰하고 형 핸드폰을 윤희하고 희주가 갖고 있으니까 지들이 연락을 받고 뛰고 있어. 오늘밤 일은 걱정 마."

종혁은 윤희와 희주에게 오늘밤에 조직들의 모임이 있으므로 모텔이나 단란주점에서 오는 연락을 받고서 차로 뛰라고 말해 놓았던 것이다.

"그래. 오늘은 니들도 술을 마셨으니까 한 잠 자고 나서 뛰자. 집으로 가지."

형민이 자리에서 일어나자, 종혁과 천식도 자리에서 일어났다.